KB120909

나는 네가 아니다

나는 네가 아니다

초판 1쇄 인쇄일 2017년 9월 20일
초판 1쇄 발행일 2017년 9월 27일

지은이 송정섭
펴낸이 양옥매
디자인 임흥순
교   정 조준경

펴낸곳 도서출판 책과나무
출판등록 제2012-000376
주소 서울특별시 마포구 방울내로 79 이노빌딩 302호
대표전화 02.372.1537   **팩스** 02.372.1538
이메일 booknamu2007@naver.com
홈페이지 www.booknamu.com
ISBN 979-11-5776-476-1 (03800)

이 도서의 국립중앙도서관 출판시도서목록(CIP)은 서지정보유통지원 시스템
홈페이지(http://seoji.nl.go.kr)와 국가자료공동목록시스템
(http://www.nl.go.kr/kolisnet)에서 이용하실 수 있습니다.
(CIP제어번호 : CIP2017024630)

나는
네가
아니다

송 정 섭 소 설

책과나무

나는 네가 아니다

　언제부터였을까? 나는 달아나는 새벽잠의 옷소매를 붙잡고 뒤척이다가 하릴없이 컴퓨터를 켜고 자판을 두드리기 시작했다. 나는 생각이 미치는 대로, 내적 충동이 이끄는 대로, 무엇을 쓴다는 자각조차 없이 되는대로 글을 썼다. 그리고 그것이 머잖아 나를 부르는 소리가 되어 찾아올 줄은 꿈에도 몰랐다.

　나는 그렇게 쓴 글들을 시랍시고 응모하여 2012년 민중문학상 시 부문 신인상을 받았다. 그러나 기쁨도 잠시, 한눈팔기는 그때부터였다. 틈틈이 시 창작에 몰두할 때마다 왠지 모르게 나의 마음은 헛반 데로 나돌았다.

　"미안하다, 정말 미안하다."

　어느 날 나는 절망의 시를 쓰다 말고 그렇게 중얼거렸다. 정말이지 '미안하다'는 말은 사람에게만 해당되는 언어가 아니었다. 나는 까마득한 날에 나의 곁을 떠나간 단편소설 3편을 두고 몸 둘 바 모르는 회한과 부끄럼을 느꼈다.

나는 강산이 두 번 바뀌고도 남을 1991년, 한국문학 소설 부문 신인상에 '호리병 속의 땅'이 당선되었다. 그 당시 나는 두 군데의 문예지에서 원고청탁을 받아 단편소설을 발표하기도 했지만 그 이후, 하고 싶은 것과 하고 싶지 않는 생계의 괴리에 부닥쳐 붓을 꺾고 말았다.

　그런 미련 때문이었을까. 때때로 시작(詩作)에 빠져 있는 동안 다시 소설을 써 보고 싶은 충동을 느꼈다. 나는 어쭙잖은 시를 짓는 짬짬이 짧은 소설을 썼다. 그렇게라도 조촐한 집을 지어 정처 없이 떠도는 단편소설의 거처를 마련해 주고 싶었다.

　90년대 초, 햇수로 26년 전 그때 그 무렵, 나는 왜 소설을 쓰고자 했을까? 피를 토하고 죽어도 좋을 한 맺힌 서사도 없으면서, 늦깎이의 무딘 감성으로 미약한 필력의 붓방아를 찧으면서 무엇 때문에 한사코 기를 쓰고 매달렸을까? 무엇이 그토록 간절하고 절박했을까?

모를 일이다. 정말 모를 일이다.

분명코 돈도 권력도 눈곱만한 명예도 아니었는데, 지금 생각해 보면 그때가 노다지 중에 노다지였는데 무엇이 텅 빈 모서리를 향해 걸어가게 했을까? 늦깎이의 치기였을까? 학창시절 겅더리 되도록 앓았던, 갇힌 꿈의 거짓이었을까? 그것이 무엇이든 흘러 간 강물은 나의 뜻이 아니었지만 어쩌다 머문 구름은 나의 꿈이 분명하다. 그러므로 저 별 뒤에 적혀 있는 것을 애써 읽으려 하지 말자.

참으로 오랜 세월이 흘렀다. 그럼에도 불구하고 책을 내려고 머리글을 쓰는 동안 나는 또다시 우두망찰, 의문의 서막에 사로잡혔다. 하지만 지금에 이르러 그 간절했던 거짓마저 어디에 두고 왔는지 찾을 길이 막막하다.

아! 그리고 그때 그 시절, 생맥주잔을 부딪치며 침을 튀기던 문화센터 문청들은 모두 어디로 갔는지, 지금 어디서 무얼 하고 있는지…….

지나가고 남는 것은 언제나 눈먼 그리움뿐이다.

| 차례 |

2부 | 단편 소설

킬
리
만
자
로
의

눈

대낮부터 벌겋게 달아오른 술판이었다. 가을비 내리는 날, 적조한 고교동창 셋이서 점심이나 나누자고 만난 자리였는데, 밀려오는 물결에 떠밀린 외로움이 깊었는지 주고받는 술잔들이 뜸들이지 않고 비워졌다.

"야, 니가 어떻게 소설 같은 걸 쓰냐?"

3학년 때 같은 반이었던 덕기가 도무지 이해할 수 없다는 표정을 지었다. 달포 전에 e-book으로 낸 소설 창작집을 두고 하는 말이었다.

"아마도 중고교 시절, 성인영화를 즐겨 본 탓일 거야."

나는 솔직하게 말했다. 딱히 그것 말고는 나 또한 이 늘그막에 소설 쓰는 당위를 알 수 없었기 때문이다.

"그때 당시 학생입장불가 영화 말인가?"

덕기가 요즘과 다른 성인영화의 의미를 가름하듯 물었다.

"그래."

"말도 안 돼. 나도 사복으로 갈아입고 그런 영화를 꽤나 봤지만……"

묵묵히 듣고 있던 명호가 자기도 교외지도 나온 선생님들의 눈을 피해 극장깨나 들락거렸지만 소설의 '소' 자도 모른다고 토를 달았다. 그들의 중론은 학창시절 공부는 뒷전이고 별로 뛰어난 데도 없는 네가 어떻게 소설씩이나 쓰느냐는 것이었다. 하지만 그들은 나의 거죽만 보았지 학창시절 심각했던 가슴앓이는 모르고 하는 말이었다.

나는 중학교 2학년 때 '무기여 잘 있거라'를 보았다. 그때 어니스트 헤밍웨이를 처음 만난 것이다. 그 시절에는 학교에서 학생들에게 좋은 영화를 단체로 관람시키곤 했는데, 그때마다 나는 너무 들떠서 실성한 아이처럼 허둥거렸다. 그만큼 영화를 좋아했다.

지금도 그 영화의 마지막 장면이 눈에 선하다. 어두운 병원건물을 뒤로하고 비가 내리는 거리로 걸어가는 쓸쓸한 헨리의 뒷모습이, 아기를 낳다 죽은 캐서린의 얼굴과 오버랩되어 잊히지 않는다.

내가 본격적으로 헤밍웨이와 조우한 것은 고등학교 3학년 때였다. 나는 그의 또 다른 원작 영화 '누구를 위하여 종은 울리나'를 보고 헌책방에서 헤밍웨이 소설을 구해 읽었다. '노인과 바다'도

좋았지만 그 중에서도 가장 감명 깊게 읽은 소설은 '킬리만자로의 눈'이었다.

 산봉우리가 항상 눈으로 덮여 있는 킬리만자로는 높이 1만9천7백10 피트로 아프리카에서 가장 높은 산으로 일컬어진다. 서쪽 봉우리는 신의 집이라는 뜻으로 마사이어로 〈누가예 누가이〉로 불린다. 이 산 꼭대기 가까이에는 얼어서 말라빠진 표범의 시체가 하나 있다. 이렇게 높은 곳에서 표범이 무엇을 찾고 있었는지는 아무도 모른다.

 내가 '킬리만자로의 눈'에 빠져든 것은 이 소설의 도입부에 적힌 마지막 문장 때문이었다.
 그즈음의 나는 어디로 튈 줄 모르는 럭비공처럼 터무니없이 무모하고 우울했다. 무엇이 그렇게 간절한 의문을 품게 했는지 몰라도 나는 죽음이라는 참으로 감당하기 힘든 무게를 끌어안고 끙끙거렸다. 왠지 모르게 모든 것이 어둡고, 무겁고, 막막했다. 대학 입시를 목전에 둔 그 중요한 시기에 그것을 내려놓지 않고는 아무것도 할 수 없을 것 같았다.
 '킬리만자로의 눈'은 아프리카 오지로 사냥 여행을 떠났던 한 소설가가 킬리만자로의 산기슭에서 다리에 괴저가 생겨 지난날을 돌이켜보며 죽음을 맞이하는 줄거리로, 주인공 해리의 하루를 묘사한 작품이다. 당연히 내가 읽고 느낀 주제는 언젠가 우리 모두 맞이할 수밖에 없는 죽음이라는 종착역이었다.

나는 고등학교를 졸업하자 대학에 응시도 하지 않은 채 고향으로 내려가 이웃집 외딴방을 얻어 하얀 벽지로 도배하고 틀어박혔다. 그리고 무겁고 우울한 사유에 빠져 카뮈의 '이방인'과 헤세의 '데미안'을 읽었다.

"근데 어쩌다 약사가 되었냐?"

이야기를 듣던 덕기가 그렇게 말하자 명호도 덩달아 고개를 갸웃거렸다. 너 같은 밑바닥이 무슨 수로 약대까지 갔느냐는 것이었다.

"죽기 살기로 재수해서 간 거야."

"죽음의 명제는 어떻게 해결하고?"

"그것은 아버지가 시키는 힘든 농사일에 답이 있었어."

나는 힘겨웠던 그 당시를 떠올리며 쓴 입맛을 다셨다. 누군가의 말대로 무겁고 우울한 정신적 고통의 해독제는 몹시 힘든 육체적 노동에 있었다.

아버지는 바쁜 농사철에 방구들만 짊어지고 있는 나를 그냥 그대로 내버려두지 않았다. 날마다 헤밍웨이가 되고 싶은 나를 논밭으로 불러내 해종일 일을 시켰다. 정말이지 손에 익지 않은 농사일은 너무 버겁고 힘에 부쳤다.

"오늘은 마당의 퇴비를 텃밭으로 내야겠다."

아버지는 어언간 상머슴 부리듯이 농사일을 시켰다. 갈수록 몸이 지쳤다. 그러나 그보다 더 참기 힘든 것은 하루에도 몇 번씩 치밀어 오르는 까닭 모를 울분이었다. 나는 텃밭으로 퇴비를 내다 말고 리어카를 내팽개쳤다. 더는 일손이 더딘 농사꾼은 되기 싫었다.

"아버지 저, 일 년만 재수할래요."

나는 거친 숨을 몰아쉬며 새된 목소리로 말했다.

"니가 또 허파에 바람이 들었구나."

"아니에요, 아버지. 일 년만 기회를 주세요. 열심히 한 번 해볼게요."

나는 단호하게 말했다. 아버지는 그러는 나를 시답잖게 바라보다가 하던 일이나 마저 끝내라고 쏘아붙였다.

아버지는 교사나 공무원이 되길 바랐지만 나는 헤밍웨이처럼 기자가 되고 싶었다. 그러나 터무니없는 선택의 꿈은 너무 힘든 농사일에 질려 그만큼 현실적인 방향으로 돌아설 수밖에 없었다.

나는 늦은 봄에 광주로 올라가 학원에 등록했다. 그리고 국영수와 선택과목만으로 본고사를 치르는 약대의 입시요강에 따라 수학과 화학을 집중적으로 공부했다. 밤을 새는 날도 허다했다. 학업을 등한시한 나의 어디에 그런 몰두와 끈기가 숨어 있었는지 모른다.

나는 군복무를 마치고 적성에 맞지 않는 대학을 다니는 동안 되도록 문학은 멀리했다. 아예 쳐다보지도 않았다. '문학은 어떤 이에게 질병이다'라고 말한 어느 작가의 지적처럼 또다시 아편 같은 소설에 빠져들까 두려웠기 때문이다.

"그래도 결국 소설가가 되었네."

어지간히 취한 덕기와 명호가 늦게나마 축하한다며 번갈아 하이파이브로 손바닥을 마주쳤다. 우리들은 의기투합해서 2차로 생맥주집에 들러 입가심하고 예정된 코스처럼 노래방에 들렀다.

　먹이를 찾아 산기슭을 어슬렁거리는 하이에나를 본 일이 있는가. 짐승의 썩은 고기만을 찾아다니는 산기슭의 하이에나. 나는 하이에나가 아니라 표범이고 싶다. 산정에 높이 올라가 굶어서 죽은 눈 덮인 킬리만자로의 그 표범이고 싶다.

　덕기가 비장한 목소리로 '킬리만자로의 표범'을 읊조렸다. 조용필은 이 노래를 불러 탄자니아 정부로부터 공식초청을 받고 무슨 홍보대사가 되었다던가. 흐린 기억이지만 나는 오래 전에 그런 기사를 본 것 같다.
　그런데, 그 표범은 만년설의 정상에서 무엇을 찾고 있었을까? 평원에 널린 먹잇감을 놔두고 무엇을 찾다가 강말라 얼어 죽었을까? 나는 노래방 소파에 퍼질러 앉아 하얀 벽지로 도배하고 틀어박혔던 그때 그 미궁 속을 헤매었다.

지금 죽어도 호상이다

설영은 어느 잔칫집에서 잃어버린 신발을 찾아 헤매다가 꿈을 깼다. 뒷머리가 쏟아질 듯 무겁고 끝내 맨발인 채로 찾아 헤맨 신발의 잔상이 선연했다. 머리맡을 더듬어 휴대폰을 켜니 새벽 4시에 가까웠다. 밤사이 지방에 사는 영오가 부인상을 당했다는 문자 메시지가 떠 있었다.

영오는 고교시절 그와 가깝게 지낸 친구였다. 한때는 유명을 달리한 그의 부인과도 터놓고 지내던 사이여서 당연히 문상을 가야 했지만 설영은 인편에 조의금이나 보낼까 하고 망설였다. 그만큼 몸의 상태가 엉망이었다. 이틀 전부터 오슬오슬 한기가 들고 열이 나더니 엊저녁에는 훌쩍이는 코맹맹이소리를 내며 기침까지 몰아왔다.

빈속에 감기약을 먹고 누웠는데 여기저기서 전화가 걸려왔다. 계좌번호로 입금시킬 테니 대신 조의를 표해 달라는 것이었다. 설영은 문상 갈 결정을 미룬 채 늦은 오후가 되도록 시난고난 앓아누웠다.

"야, 니가 안 가면 누가 가냐?"

고교 때 영오와 밴드부를 함께했던 찬주가 미적거리는 그에게 버럭 화를 냈다. 지금 고속버스터미널로 나갈 테니 당장 준비하고 나오라는 것이었다. 아무래도 가지 않으면 안 될 것 같았다. 설영은 처방받은 감기약을 챙겨 넣고 집을 나섰다.

고속버스터미널에 도착하니 내려가는 사람은 설영과 찬주 둘뿐이었다. 마포바지 방구처럼 빠져나간 밉상들이 얄미웠지만 둘은 곧바로 우등고속에 몸을 실었다.

"사람이 죽으면 그 영혼은 어디로 가는 걸까?"

설영은 차창 밖으로 스치는 어느 선영을 눈으로 가리키며 물었다.

"그야 뭐, 죽어 보지 않고는 모르는 일이지."

찬주는 심드렁하게 대꾸했다. 눈감으면 그뿐인데 누가 무엇을 어떻게 알겠느냐는 것이었다. 그러므로 저토록 잘 가꾼 묘소는 그저 살아남은 자의 치장일 뿐이라고 말했다.

"너는 영혼까지 부정하는 것 같다?"

"그것 또한 유추하고 상상하는 허상일 뿐, 비물질적 실체는 보이지도 만질 수도 없는 것이잖아."

찬주는 사람이 죽으면 아무 것도 보이지 않는 어둠, 깊은 잠 속의 잠 같은 것일 거라고 말했다.

"넌 죽음도 일상의 한 부분인 것처럼 말하는구나?"

설영은 득도한 도사처럼 도도한 그의 태도를 이르집었다.

"품위 있게 죽을 수만 있다면……"

그는 그렇게 토를 달았지만 지금까지 험한 꼴 안 당하고 나름대로 재미나게 살았으니 지금 죽어도 호상이라고 말했다. 환갑이 넘도록 담배를 피우고 두주불사로 술을 마셨는데, 이만큼 사대육신 멀쩡하면 지금 죽어도 호상이 아니냐는 것이었다.

"넌 무엇을 바라고, 무엇을 하기 위해 오래 살고 싶은데?"

찬주는 그렇게 묻고 설영을 빤히 바라보았다.

"개똥밭에 굴러도 이승이 좋다잖아."

"그렇다면 너 또한 지금 죽어도 호상이다."

찬주는 거침없이 말했다. 이 나이에 앞으로 몇 년 더 살 수 있을까, 햇수나 헤아리는 삶은 지금 죽어도 호상이라는 것이었다. 천국에 가고 싶다는 사람들조차 그곳에 가기 위해 죽기를 원치 않지만 누구나 가는 길, 오래 사는 것에 너무 얽매이지 말라는 것이었다.

그렇지만 말이 쉽지 그게 그리 쉬운 일인가. 설영은 아무리 죽음에 초연해도 영혼까지 부정하며 앞서 죽고 싶지 않았다.

어디선가 주워들은 것이지만 사람이 죽으면 몸무게가 21g 줄든다고 한다. 과학적으론 그런 무게의 감소가 탈수현상에 다름 아니라지만 그것이 바로 영혼이 빠져나간 무게라고 주장하는 이들도 있었다.

"저것 봐라. 저것이 혼불이란다."

유년시절 어느 날 저녁, 동네에 초상이 났을 때였다. 어머니는 동구 밖으로 넘어가는 주먹만 한 불덩어리를 가리키며 말했다. 그것은 너울너울 멀어졌는데, 설영은 시야에서 사라진 푸르스름한 빛줄기가 왠지 모르게 뭉클하고 신비했다. 그러나 그보다 더 놀라운 것은 해무 자욱한 저녁, 바닷가를 뛰노는 도깨비불이었다. 여러 개의 불빛이 한꺼번에 모아졌다가 순식간에 흩어지는 광경은 바다의 요술램프가 부리는 마술 같았다.

별 볼거리가 없던 시절, 동네의 큰 행사는 결혼식과 장례식이었다. 결혼식이 신랑 신부를 놀리는 웃음꽃 만발한 잔치였다면 장례식은 여러 사람이 어울려 노는 축제 같았다. 설영은 출상하기 전날 밤의 상여놀이를 구경하기도 하고 만장을 들고 꽃상여를 따라가 땅에 묻히는 시구를 지켜보기도 했다.

그때는 빈부와 귀천에 관계없이 죽으면 주검 그대로 땅에 묻혔다. 그러나 지금은 화장이 대세다. 죽으면 한 줌의 뼛가루로 자그마한 항아리에 담겨져 납골당에 안치되거나 나무뿌리에 뿌려진다.

"넌 죽으면 장례를 어떻게 치를 건데?"

설영은 찬주가 생각하는 사후 절차가 궁금했다.

"화장해서 고향산천에 뿌리라 했어."

그는 그것만은 미리 유언으로 남겼다고 말했다. 이유는 단 한

가지, 비좁고 답답한 유골함에 갇히고 싶지 않다는 거였다.

찬주의 생각처럼 장묘문화도 빠르게 변해서 이제는 납골당도 혐오시설이라 여기고 선산을 수목장지로 바꾸어 공원화하는 문중이 늘고 있다. 아무런 흔적도 남기지 않고 자연으로 돌아가는, 자연 친화적인 매장 방식으로 바뀌고 있는 것이다.

"저승에 먼저 간 이병철이 정주영에게 5만 원만 꿔 달라고 그랬대. 삼도천변에 나가 건너오는 사람구경이나 하고 싶다고……"

찬주는 대화가 궁해지자 카카오톡으로 떠도는 우스갯소리를 늘어놓았다.

"그랬더니?"

"형님도 못 가져왔소. 나도 한 푼도 못 가져왔는데……, 그랬다는 거야."

찬주는 그렇게 말하고 허허롭게 웃었다. 설영도 따라 웃어주었다.

찬주의 우스개처럼 죽음이 공평한 것은 언젠가 홀로 죽는다는 것과 그 무엇도 가져갈 수 없다는 사실이다. 살아생전 온갖 부귀와 영화를 누리고 화려한 장례식을 치른다 해도 화장하면 작은 항아리 하나 채우지 못하는 것이 우리네 인생이다.

세계의 장례식으로는 요한 바오로2세, 존 F 케네디, 다이애나 영국 왕세자비, 엘비스 프레슬리 등을 꼽지만 설영은 사우디아라비아의 파드국왕 장례식이 가장 극명하고 인상 깊었다.

살아생전 신문이 전하는 그의 호사는 입이 떡 벌어진다. 2002년

제네바를 방문했을 때는 그의 일행이 3개월간 먹고 자고 노는 데 소비한 돈이 무려 6500만 프랑, 우리 돈으로 600억 원에 달했다.

그러나 그의 장례식은 초라하기 그지없었다. 간단한 영결 기도 의식 외엔 국장의 절차도 없었고 조기도 게양되지 않았다. 그의 주검은 관도 없이 수의만 입혀진 채 일반 공동묘역에 묻혔다. 그의 무덤에는 비석은커녕 아무런 표시가 없는 돌 하나가 놓였을 뿐이다. 이슬람 와하비즘 전통을 따랐다 해도 오일달러가 넘치는 세습군주제국가를 23년간 통치해 온 왕의 장례식치고는 너무나 초라하고 쓸쓸했다.

찬주와 '지금 죽어도 호상이다'라는 말로 영혼에 관해, 사후의 장례에 관해 이야기를 나누는 동안 죽음에 주눅 든 설영의 몸살감기는 많이 누그러졌다. 해 저문 오후에 목적지에 도착한 그들은 서둘러 택시를 타고 장례식장으로 향했다.

아버지의 퇴비론
論

"아버지가 졸업식에 온다고?"

"큰오빠랑 형부도 간다고 그랬어."

"정말로 아버지가 내 졸업식에 온다, 그랬어?"

"그렇다니까."

누이동생은 몇 번을 말해야 알아듣겠냐는 투였다. 나는 하숙집으로 걸려온 누이동생의 전화를 받고 갑자기 마음이 초조하고 불안하여 우황청심환을 사 먹었다.

아버지는 한 번도 나를 찾지 않았다. 열네 살 어린 나를 낯선 도시의 하숙집에 맡기고 대학 졸업을 앞둔 지금까지 한 번도 나를 찾지 않았다. 고등학교에 올라가 엉뚱한 패싸움에 휘말려 퇴학을 당했을 때도, 그 도시를 떠나 학교를 옮겼을 때도, 군복무 중 몸을 크게 다쳤을 때도 나를 찾지 않았다.

아버지는 그냥 그대로 내버려 두었다. 스스로 일어설 때까지 멀리서 지켜볼 뿐 가타부타 말씀이 없었다. 어찌 보면 무정하고 무책임한 방목이었다. 나는 수많은 하숙집과 자취방을 전전하며 고삐 풀린 망아지처럼 떠돌았다.

대학교 졸업식에 참석한 아버지는 겉으로 내색은 않았지만 무척 대견해 하셨다. 허허, 너털웃음을 웃으시며 사각모를 받아 쓰고 포즈를 취했다. 그럼에도 나는 아버지가 졸업식에 참석했다는 사실이 믿기지 않아 허방을 짚는 듯한 몸과 마음이 공연히 쑥스럽고 거북했다.

아버지는 한학에 밝고 장력이 대단하셨다. 나 어릴 적엔 난장에서 여러 사람과 씨름을 겨루고 소 한 마리를 끌고 들어와 동네잔치를 벌이기도 했다. 나는 그런 아버지와 대학을 졸업할 때까지 내심으로 불화했다. 만나 뵈면 주눅 들고 어딘지 모르게 껄끄러웠다.

"이것밖에 없다."

아버지는 한 달 용돈을 적어 내놓으면 딱 잘라 말했다. 에누리의 고수답게 허파에 바람이 들거나 시건방진 꼴값은 여지없이 깎아냈다. 깎을 것을 감안해 조금씩 용도를 부풀려도 어떻게 알았는지 꼭 그만큼 덜어냈다.

"그만한 돈이 꼭 필요합니다."

나는 학교 공부를 하기 위한 최소한의 용돈임을 강조했다.

"갈려면 가고 말려면 말아라."

아버지는 매몰차게 잘라 말하고 대문을 나섰다. 더 이상 무슨 말을 보태고 뺄 것도 없었다.

어느 땐 단호한 아버지 눈치를 살피다가 울고불고 떼를 쓰기도 했지만 아무런 소용이 없었다. 아버지는 나의 요구 따윈 아예 들으려 하지 않았다. 그럴 때마다 할아버지가 몇 푼의 용돈을 더 쥐어주곤 했지만 나는 끝내 몽니를 부리고 무람없이 뻗대고 땡강거렸다. 지금 생각해 보면 소출이 한정된 농촌에서 팔 남매를 키운 아버지의 노고가 뼈저리게 느껴지지만 그때는 맬겁시 주제넘고 철이 없었다.

아버지의 퇴비론(論)은 확고부동했다. 농사는 거름을 많이 해도 망치고 너무 적게 해도 망친다는 것이었다.

저놈의 성정머리가 또 무슨 일을 저지를지 모르겠네. 식구들은 어디로 튈 줄 모르는 나의 모난 성격을 염려했지만 아무리 부사리 같은 성질이라 해도 절대 부권을 이길 수는 없었다.

가끔 불량한 친구들과 어울려 담배를 피우고 영화보기를 좋아했던 나는 엉뚱한 구석까지 없지 않아서 늘 용돈이 부족했다. 나는 아버지가 한 달 용돈을 깎아낼 때마다 그만큼 기죽어 지낼 수밖에 없었다.

나는 중고등학교 때 수학여행 가는 것을 포기했다. 그리고 입학식 때 크게 맞춘 교복을 입고 고교를 졸업했다. 대학교 때는 군복을 염색해 입고 가끔 아버지의 헌옷도 고쳐 입었다. 어쩌면 그것이 부사리처럼 날뛰는 나를 소심하게 만들고 절제하는 지금의 나를 형성했는지 모른다. 그렇게 보면 아버지의 퇴비론(論)은 그런대로 기대한 목적을 거둔 셈이었다.

　그러나 가슴 한편에는 쪽도 못 쓴 앙금이 괴어 있었다. 그래서 대학을 졸업하고 제약회사에 취직했을 때는 매달 월급을 한 푼도 남기지 않고 낭비하는 허세를 부렸다. 빚까지 져가며 옷을 사 입고 이름난 여러 관광지를 싸돌아다녔다.

　밤새도록 술을 마시고 뜬눈 새기로 노름에 빠져 아침을 맞은 적도 한두 번이 아니었다. 좋다는 것도 해보고 나면 별것 아니라는 싫증을 느낄 때까지, 아니 깨소금 같은 신혼살림이 파탄의 위기로 몰릴 때까지 허랑방탕했다.

　"이제 그만 헤어져."

　어느 날 출장을 끝내고 귀가했을 때였다. 만삭의 아내가 옷가지를 챙겨 들고 스스럼없이 잘라 말했다. 당신의 삶이 겨우 요 모양 요 꼴이었냐고, 비꼬듯이 쏘아붙이고 집을 나갔다. 결혼한 지 이 년 남짓, 그동안 처가에서 돈을 빌려 적자투성이 가계를 꾸리던 아내가 마침내 두 손을 들고 만 것이다.

　퍼뜩 정신이 들었다. 스스로 생각해도 너무 궤도를 이탈했다 싶었다.

　"미안해. 내가 미쳐도 단단히 미친 거야."

　나는 돌아온 탕자처럼 용서를 구했다. 다시는 허랑방탕한 생활을 하지 않겠다고 맹세했다. 머지 않는 날에 아예 집 밖 출입을 금하고 살 테니까 조금만 기다려 달라고 애원했다.

나는 그 다음날로 제약회사에 사직서를 제출했다. 그리고 무일푼으로 빚을 내 약국개업을 서둘렀다. 잘못 길들인 낭비벽과 바람기를 주저앉히려면 스스로 좁은 공간에 갇혀 지낼 수밖에 없었다.

나는 고향이 지척인 시골에서 십여 년 약국을 하는 동안 내심으로 불화한 아버지에게 다가가려고 여러 모로 마음을 기울였다. 아버지의 지병이 악화되어 남몰래 대처의 병원으로 모시고 다녔고, 낡고 누추한 시골집도 수리해 드렸다. 그리고 살아생전 남의 손에 넘어가는 전답이 보기 싫다기에 그 논을 다시 사서 이전했고, 아버지가 벌이는 산역일도 도맡아 해드렸다.

"니가 느그 형님 목숨 살리는 셈 치고 그 빚 좀 탕감해 줘라."

어느 날 아버지는 몹시 심란한 얼굴로 간곡하게 말씀하셨다. 나는 닷새에 걸쳐 아내를 설득했다. 당시 돈으로 광주에 집을 한 채 사고도 남을 거액이었기 때문이다. 아내의 용납으로 빚을 갚아주고도 지지리도 못난 처신에 그만한 보람도 없이 돈을 날렸지만 후회는 하지 않았다. 그만큼 아버지의 위신을 세워드렸다고 생각했기 때문이다.

내가 서울로 올라오고 십여 년이 지난 어느 해, 아버지는 낙상으로 몸을 크게 다쳐 서울의 K병원으로 후송되었다. 지금 돌이켜보면 일개 간호조무사에게 이끌린 인간관계가 몹시 원망스럽다. 그 끄나풀로 병원을 잘못 선택한 아버지는 엄청난 치료비에도 불구하고 별것도 아닌 수술이 실패하여 오랜 병상에 누워 계시다가 끝내 자리보전한 채로 돌아가셨다.

자존심이 강한 아버지가 몸져누운, 구차한 병상의 나날은 얼마나 외롭고 끔찍한 고통의 연속이었을까. 멀리 있다는 핑계로 자주 찾아뵙지 못하고 임종도 지키지 못한 회한이 두고두고 가슴에 미어진다.

"이것밖에 없다. 갈려면 가고 말려면 말아라."

아직도 그 음성이 귓가에 쟁쟁하지만 나는 아버지의 퇴비론(論)으로 대학까지 졸업했다. 얼마나 깊고 높은 은혜인지 모른다.

갚을 빚이 천만금인데, 저세상 가신 아버지는 한 번도 나를 찾지 않는다. 지 맘대로 놀아난 부사리가 세상에 자식들 낳아 기르고 이만큼 먹고 사는 것도 평생 농부였던 아버지가 거둔 소출인데, 꿈속에서도 나를 찾지 않는다.

임금님 귀는 당나귀 귀

시몽은 전형적인 아침형 인간이다. 그만큼 일찍 자고 일찍 일어난다. 술좌석에 어울려 늦게 자는 날도 없지 않지만 대부분 8시 뉴스를 보다 잠이 들고 새벽 3시쯤에 어김없이 잠을 깨고 일어난다.

그는 어둔 의식의 눈을 뜨고 머리맡을 더듬어 스탠드를 켠다. 그리고 각방을 쓰는 식구들의 단잠을 방해하지 않으려고 가만가만 창문을 열어 환기하고 고양이걸음으로 부엌에 들어가 커피를 내린다. 그는 만성 위염에 시달리면서도 아직도 새벽에 마시는 커피를 끔찍이 아낀다.

그의 움직임은 문을 여닫는 것에서부터 스위치를 켜고 *끄*는 것까지 모든 소리의 볼륨이 제로에 가깝다. 일상에 지친 식구들의 새벽잠을 깨울까 봐 한 점 호흡마저 숨죽여 내쉰다.

창밖으론 낙화를 재촉하는 봄비가 내린다. 봄비에 젖은 포도는 돌고래의 살갗처럼 번들거리고 희번한 가로등 불빛이 길게 어리비친다. 이렇듯 나그네비가 내리는 고요한 새벽, 뜨거운 커피를 마시며 스쳐가는 생각들을 좇다 보면 어디선가 서걱거리는 댓잎 소리가 들린다.

"거기가 어디인가?"

시몽은 먼먼 날의 꿈을 꾸듯 주위를 두리번거린다.

"여긴 그대가 어린 시절 꿈꾸던 동화 속 대나무 숲이야."

대나무 숲이 일제히 푸른 이파리를 흔들며 말한다.

"그렇다면 거기가 임금님 귀는 당나귀 귀라 외치던 곳인가?"

그는 전래동화를 읽던 그때 그 시절을 떠올리며 청량한 바람이 불어오는 대나무 숲으로 들어간다.

그 시절, 그가 나고 자란 시골집은 빙 둘러 대나무 숲이 울창했다. 드센 바람이 불고 비라도 오는 날이면 댓가지 부딪치는 소리가 쏴아 하고 들려왔다. 서로의 팔을 걸머메고 흔들리는 대나무 숲은 세찬 바람이 불 때마다 처절하게 머리채를 흔들었지만 결코 꺾이지 않았다. 큰바람이 몰아쳐 오래된 감나무가 뿌리째 뽑히고 뒷산의 소나무가 눈의 무게를 못 이겨 어깨가 꺾인 날에도 바람 부는 대로 흔들리며 꼿꼿하게 서 있었다.

"꼭두새벽에 내가 어인 일로 여기까지……"

시몽은 대나무 숲속을 거닐며 혼잣말로 중얼거린다.

"그대가 불러 나 거기 있고, 그대는 나의 손짓을 따라 여길 온 거야.”

대나무 숲이 가만가만 어깨를 흔들며 말한다.

“그랬던가? 내가 요즘 현실과 환상의 경계가 트릿해서……”

시몽은 솔직하게 털어놓는다. 갈수록 오래된 기억은 생생해도 방금 전의 말과 행동은 깜박 든 풋잠처럼 가물가물하기 일쑤였다.

“속없이 살게나.”

대나무 숲을 스치는 바람이 선문답처럼 속살거린다. 나이가 들수록 늘 푸르게 사는 법은 대나무처럼 속없이 지내는 것이라고 귀띔한다. 그래야 무언가를 담을 수 있다고 속삭인다.

“그럼에도 나무는 늙을수록 늠름해지는데, 사람은 왜 나이가 들수록 초라해지는지 모르겠어?”

시몽은 꼿꼿한 대나무 숲을 올려다보며 말한다.

“임금님 귀는 당나귀라고 크게 한 번 소리쳐 봐.”

살랑대는 대나무 이파리가 가슴속 깊은 곳에 쌓인 소리들을 목청껏 불러내 보라고 소곤거린다. 꼭꼭 쟁인 말의 속내를 비워내 보라고 꼬드긴다.

“난 복두장이 아니야.”

시몽은 퉁명스럽게 대꾸한다. 그렇지만 스치는 바람이 이르는 대로 가슴속 깊은 곳에 눌러둔 소리들을 목이 터져라 부르짖고 싶을 때가 한두 번이 아니었다.

소리도 차면 넘치는지 하고 싶은 말을 짓누르고 돌아서는 날이, 꾹꾹 눌러 참는 그 흔한 일상의 언어들이 왜 그래야 하느냐고 아우

성칠 때가 있다. 응당 그럴 수밖에 없는 필연들이 우연을 가장한 가면놀이처럼 느껴질 때가 있다. 그럴 때 그는 눈을 감는다. 눈에 띄는 것마다 알 수 없는 의문투성이라 지그시 눈을 감고 호흡을 가다듬으면 서툰 명상일망정 이내 평온하다. 기를 쓰고 덤비던 것들이 잔잔한 파장으로 가라앉는다.

지그시 눈을 감고 잔 먼지마냥 부유하는 생각들을 가라앉히면 세상에는 보이지 않는, 그 어떤 끈이 있는 것 같다. 그는 그 끈에 매달린 꼭두각시처럼 생각하고 행동하는 아바타 같다는 느낌을 받는다.

"너는 누구인가?"

시몽은 아득한 묵상 속으로 빠져든 또 다른 그에게 묻는다.

"나는 너, 너는 나야."

"그렇담 진짜 나는 누구인가?"

"알 수 없으므로 어디선가 들려오는 소리에 귀 기울여야 해. 그래야 지리멸렬한 일상이 기쁨으로 충만하고 하루를 살아도 영원을 사는 거야."

"이 나이에 무슨 영원씩이나……"

시몽은 하루를 살아도 영원을 산다는 말에 코웃음 친다.

"그러기엔 아직 일러. 미국의 화가 해리 리버만은 여든한 살에 그림을 그리기 시작하여 일약 원시의 눈을 가진 미국의 샤갈로 불렸어. 그림은 불타나게 팔렸고 백한 살에 스물두 번째 개인전을 열었다는 거야."

"위로의 말로 알아듣겠네."

"누구나 하고 싶은 거 다 하고 살 순 없지만 심장의 고동이 멈추기 전까지는 그 어떤 것도 늦지 않아."

"그러면서 뭘 자꾸 비우라는 겐가?"

시몽은 스치는 바람에도 흔들리는 대나무 이파리를 향해 까칠한 목소리로 따져 묻는다.

"그대 가슴에 쌓인 궁극의 말들을 소리쳐 불러내 봐. 그것이 무엇이든 비워야 채워지는 거야."

대나무 숲이 그것들을 한 번 끄집어내 보라고 다그친다. 눈치코치로 비겁하게 비켜갔던 말, 불의를 보고도 질끈 감았던 말, 용암처럼 끓어올라 터트리고 싶었던 말, 너무 분하고 억울해서 울부짖고 싶었던 말, 아무도 모르게 가슴 깊이 묻어둔 말, 바짝 마르다 못해 새까맣게 타들어간 말들을 스스럼없이 불러내 보라고 재촉한다. 그것이 바로 내면을 비우고 꼿꼿하게 휘어지는 대나무의 역설이라고 말한다.

임금님 귀는 당나귀 귀, 임금님 귀는 당나귀 귀…… 시몽은 베란다로 나아가 가만가만 입속말을 굴리다가 점차 목청을 돋운다. 구부정한 몸을 일으켜 세우고 아랫배에 힘을 모아 쩌렁쩌렁 소리친다. 목울대의 핏대가 터지도록 고래고래 악을 쓴다.

임금님 귀는 당나귀 귀, 임금님 귀는 당나귀 귀…… 시몽은 그런 경황 중에도 조금씩 귀가 커져 가는 것을 느낀다. 문득 누가 알까 두렵다. 그는 얼른 두 손으로 귀를 감싸고 주저앉는다.

얼
굴
마
음

규태는 세밑에 영화 '관상'을 내려 받아 아내와 함께 TV화면으로 감상했다. 그는 영화가 끝나갈 무렵 까마득한 날에 소슬바람처럼 옆구리를 스쳐간, 한 여인의 얼굴을 떠올렸다.

"난 아직도 당신의 마음을 모르겠어."

영화를 보고 난 아내가 무슨 텔레파시 낌새를 느꼈는지 뜬금없는 말로 트집을 걸었다.

"왜 또 이러시는데……? 나만큼 솔직한 얼굴이 어디 있다고……"

규태는 자기의 얼굴을 가리켜 금세 속내가 드러나는, 아예 비밀의 문이 존재하지 않는 관상이라 둘러대고 화장실로 트집을 피했다. 그리고 거울에 비친 얼굴을 바라보며 꽤 오래 이를 닦고 손을 씻었다. 지나가는 소나기는 일단 피하고 보는 게 상책이었다.

사람의 얼굴에는 세상의 삼라만상이 모두 다 들어 있소이다. 영화 속 관상가 내경의 말처럼 사람의 얼굴에는 그 사람의 모든 것이 다 들어 있다고 한다. 그러므로 관상은 그 사람의 얼이 담긴 마음의 통로를 보는 것이었다.

심상을 보는 전문가가 아니라도 사람의 얼굴을 유심히 들여다보면 그 사람의 성격과 감성이 엿보인다. 뿐만 아니라 함께 먹고 말하고 걸으면 지적 수준은 어느 정도고 추구하는 삶의 가치관은 무엇인지 헤아려지고, 스쳐간 아픔과 고난까지 밝힐 때가 있다. 특히 술을 마시고 취하면 그 사람의 감춰진 심성이 적나라하게 드러난다.

며칠 전 규태는 중학교 동창인 경수와 얼토당토않은 허풍을 두고 입씨름을 벌였다. 평상시의 경수는 차갑고 강단이 센 인상인데 술에 취하면 잠재된 리플리 증후군이 발동하는지 한눈에 드러나는 거짓말도 스스럼없이 뇌까리곤 했다. 분위기가 흐려져 여러 눈치가 보이는데도 한 번 내뱉은 거짓말이 또 다른 거짓을 불러 걷잡을 수 없는 허구의 세계로 접어드는 모양이었다.

"요즘 들어 한남동 빌딩은 안녕하신가?"

규태는 첫 잔을 들기 전에 지난번 술자리 이야기를 되짚었다.

"그게 무슨 말이야?"

"아내가 상속받은 건물 세입자와 다툼이 있다, 하지 않았어?"

"내가 언제?"

경수는 되레 정색을 하고 반문했다.

"지난번 모임 때…… 나만 들은 게 아니었는데……"

규태는 좌중의 동의를 아우르며 말했다. 하지만 모두 딴전을 피웠다. 술에 취하면 그러려니 알면서도 넘어가는 모양새였다.

규태도 그쯤에서 물러서고 말았지만 술에 취하면 왜 그런 허풍을 떨게 되는지, 정말로 술이 술을 부른 거짓말은 자각조차 할 수 없는 무의식의 발로인지 의문이 들었다. 그렇지만 솔직히 말해 거짓말을 잘하는 사람이 있을 뿐 안 하는 사람은 없었다.

오래 전 규태가 간접적으로 관여한 국내 IT업체가 '음성분석SF'라는 거짓말 탐지기를 개발했다. 한 단어를 말하는 데 650개의 근육 중 72개가 움직이므로 입을 열어 말할 때는 안면근육이 허물어져서 단단하게 감춰진 거짓말이 드러난다는 것이다. 그런 원리로 개발한 것이 그 기기의 메커니즘이었다. 그래서 고객의 성향을 파악하는 보험업과 역술인도 이것을 내놓고 사람의 마음을 읽는다는 소문이 자자했다.

그러나 사람의 마음만큼 기문둔갑에 능한 여우는 없다. 거짓말을 꾸미는 여우의 꼬리는 그렇듯 간단명료하게 실체를 드러내는 요물이 아니다.

사람의 마음은 시공을 초월한다. 똑딱 하는 순간 지구를 일곱 바퀴 반 도는 빛의 속도로도 수억 광년이 걸리는 저 먼 우주의 항성까지 눈 깜짝할 사이에 다녀올 수 있다. 그런 무한대의 능력이 거짓말을 꾸미는데 한낱 음성분석 탐지기 따위가 어찌 그 광대무

변한 심연을 다 들여다볼 수 있으랴.

그가 심취한 심리학자들에 따르면 네 살배기 아이들도 대부분 거짓말을 하며 여섯 살 무렵이면 아이들의 95%가 거짓말을 한다고 한다. 그만큼 인간의 DNA에는 거짓말 능력이 포함되어 있다는 것이다. 그렇듯 인간의 거짓말은 거의 본능에 가까운 것이어서 아무리 뛰어난 거짓말 탐지기라 해도 백 프로 집어내기가 어렵다는 거였다. 너도 너를 속이는데 누가 너를 믿겠는가. 규태는 구렁이 담 넘어가듯 주워섬기는 정치꾼들의 논쟁이나 그러저러한 패널들의 시사토론을 지켜볼 때마다 늘 그렇게 쏘아붙였다.

규태가 본격적인 거짓말을 꾸미고 익힌 것은 초등학교 1학년 때부터였다. 매일 검사를 받았던 일기장 때문이었다. 그는 빨간 동그라미 세 개를 받기 위해 날마다 거짓 일기를 쓸 수밖에 없었다.

그는 일기를 잘 쓴 학생으로 뽑혀 상을 받았다. 어찌 보면 거짓말을 조장하고 표창하는 참으로 웃기는 교육정책이었다. 오랫동안 이 무식한 정책이 지속되다가 노무현 정부 들어 사생활침해라는 논란이 일었는데, 진즉에 없애야 할 교과과정이었다.

아무튼 규태는 거짓말쟁이가 되었다. 어릴 때부터 정식 공교육으로 수련을 거친 일류 거짓말쟁이가 되었다. 아니, 너나없이 거짓말에 오염되고 중독되어 엊그제 공포한 철썩 같은 공약을 파기하고 모르쇠로 일관해도 그러려니 하는 세상이 도래했다. 무엇이 진실이고 거짓인지 헷갈리는 세상이 되고 말았다.

그러므로 규태는 서툰 선입견에 빠지지 않으려고 눈에 보이는 마음, 겉으로 드러난 진실은 더 두고 본다. 특히 대중매체가 전하는 말이나 문자로 주고받는 마음은 그것이 어떤 팩트라 해도 여과된 민낯을 보지 않고는 쉽게 믿지 않는 편이다.

펜팔이 유행하던 시절이 있었다. 벌써 까마득한 옛날이 되고 말았지만 편지만큼 애틋하고 다감한 것은 없다.

상병 때의 일이었다. 규태는 그해 겨울 방한복과 장갑을 지급받았는데, 장갑을 낀 순간 무슨 종잇조각 같은 것이 부스럭거렸다. 꺼내 보니 이 장갑을 받은 분과 펜팔이 되고 싶다는 사연과 함께 주소와 이름이 적혀 있었다. 장갑을 만든 재봉사 아가씨가 보내온 것이었다.

인연이다 싶어 편지를 보냈다. 답장이 곧바로 날아왔다. 그녀는 검정고시를 거쳐 야간대학에 다닌다고 했다. 윤동주의 '서시'를 좋아하고 최인훈의 '광장'과 김승옥의 소설까지 줄줄이 꿰고 있었다.

그는 사흘이 멀다 하고 편지를 보냈다. 답장을 기다리고 받는 것이 그토록 설레고 기쁠 수가 없었다. 날마다 제대날짜만 손꼽던 병영생활이 전혀 지루하지 않았다. 그는 그녀의 환심을 사기 위해 온갖 미문을 다 동원했다.

그렇게 오고간 편지는 제대하고 취직할 무렵까지 이어졌는데, 그는 끝내 그녀를 만나지 못했다. 서로 사진을 주고받은 이후부터 어느 쪽이 먼저랄 것도 없이 편지가 끊겼다. 정말이지 얼굴에서 느껴지는 사람의 마음만큼 예측하기 힘든 기상이변도 없을 것이다.

　파도만 보고 바람은 보지 못했네. 파도를 만드는 것은 결국 바람이거늘…… 영화 속 관상가의 말처럼 보이는 것이 전부는 아니라지만 사람의 이미지는 몇 초 만에 결정된다고 한다. 하지만 그 사람을 사로잡는 것은 눈에 보이지 않는 마음이다. 설령 그 사람의 모든 것이 한눈에 드러난다 해도 끊임없이 변화하는 마음을 꿰뚫지 않고는 그 무엇도 단정할 수가 없다.

　화장실에서 나온 규태는 괜한 트집을 잡는 아내의 거동을 살폈다. 잠잠했다. 소나기는 일단 지나간 것 같았다.

무언가
無言歌

5.18광주민주화운동이 일어났을 때 상오는 그 처참한 현장에서 한참 벗어나 있었다. 하지만 그가 사는 면 단위 시골까지 모든 도로가 차단되고 통신이 끊겨 사실상 고립된 상태였다. 통제된 방송을 타고 유언비어가 난무하는 5월의 하늘은 숨이 막힐 것 같았지만 신록이 우거진 산과 들은 더없이 해맑고 푸르렀다.

지방 농대를 졸업하고 아버지의 농사일을 도우며 농약가게를 꾸리던 상오는 정권을 장악한 신군부세력에 분노가 치밀어 오르면 가까운 다방에 나가 앉아 있곤 했다. 버스정류장이 내려다보이는 2층 다방은 그나마 외지인이 오가는 통로였기에 바람이 전하는 소식이라도 들을까 해서였다.

그날도 그는 여러 식재로 분재 농업을 하는 후배 범호와 2층 다방에 앉아 있다가 어디선가 들려오는 함성소리를 들었다.

"버스에 탄 사람들이 총을 들었네."

창밖을 내다보던 범호가 그렇게 말하자 우르르 창 쪽으로 사람들이 몰렸다. 버스에 올라탄 일단의 시민군이 버스정류장을 향해 들이닥치고 있었다. 모두 박살난 차창 밖으로 총을 내밀고 '전두환 물러가라'는 구호를 외쳤다. 그때였다. 오십 보쯤 굽어보이는 경찰지서의 담을 넘어 도망치는 사람들이 눈에 띄었다. 누군지는 확실치 않았으나 미루어 짐작되는 광경이었다.

"무슨 죄를 지었기에 저리 줄행랑이지?"

작업복 차림의 낯선 야구모자가 비아냥거리듯이 말했다.

"죄는 무슨 놈의 죄…… 괜히 해코지당할까 봐 그러는 거지."

동네 이장인 곽씨가 그렇게 말하고 인공 때의 수난을 들추었다. 얼마나 애먼 사람들이 좌우로 갈려 죽이고 죽었느냐는 것이었다.

"그래도 그렇지. 지금이 어느 땐데……"

"지금이 어느 때냐고? 찢어 죽일 놈의 세상이지."

범호는 야구모자를 향해 벽력같이 내지르고 버스를 뒤쫓아 뛰쳐나갔다. 한마디 말릴 틈도 없는 돌발적인 행동이었다.

시민군이 몰고 온 버스가 소재지 상가에 멈춰 서자 여기저기서 사람들이 몰려나왔다. 혈기 충천한 젊은이들은 버스에 올라가 함께 구호를 외치고 거리로 몰려나온 사람들은 버스 곁으로 다가가 손을 흔들었다.

상오는 슈퍼마켓에서 빵과 음료수가 실리는 광경을 먼발치의 창

밖으로 건너다보았다. 내려가 보고 싶은 맘도 없지 않았지만 그는 시민군의 버스가 떠날 때까지 2층 다방 창가에 서 있었다. 나중에 안 일이지만 다방을 뛰쳐나간 범호는 시민군의 버스에 올라타고 내리지 않았다.

그 후 상오는 광주의 참상이 드러날 때마다 수수방관한 그날의 광경이 눈에 밟혀 마음이 켕겼다. 아니 불의에 항거하다 목숨을 잃은 사람들과 지레 겁을 먹고 도망친 사람들 사이에 낀 회색인처럼 두고두고 뒤끝이 구렸다.

그날 시민군의 버스에 동승했던 범호가 삼청교육대로 끌려가 가혹한 체벌과 모진 구타로 반편이가 되어 돌아왔을 때도 상오는 손 한 번 흔들어 주지 못한 굴욕감이 마음의 부채로 남아 그의 얼굴을 똑바로 쳐다볼 수가 없었다.

세상을 살아가면서 누구나 한 번쯤 행동하지 못한 양심이 있을 것이다. 눈앞의 불의에 맞서지 못하고 말없이 비켜간 걸음도 있을 것이다. 그러나 영혼이 사로잡힌 무언가(無言歌)는 굴욕감을 가책하지 않고는 불리지 못하리라. 그는 5.18 민주항쟁의 처절한 현장을 보고 듣고 읽을 때마다 비손하듯 가사가 없는 노래를 웅얼거리곤 했지만 마음속 깊이 도사린 자책감은 쉽게 가시지 않았다.

상오는 엉망으로 망가져 여러 후유증에 시달리는 범호에게 몇 가지 약을 사 보냈다. 그리고 몇 달 후 부인의 지극한 간호로 몰라보게 회복했다는 소식을 들었다. 하지만 그가 오랜 세월 정성 들여 가꾼 분재 농사는 작파하고 말았다.

그렇게 이태가 지난 어느 날, 그가 문득 상오를 찾아왔다. 부득불 떠나게 되어 인사차 들렀다는 것이었다.

"서울로 이사 간다고?"

상오는 저간의 사정이 헤아려졌지만 모른 체하고 되물었다.

"어차피 어긋난 인생, 막벌이나 하며 삽니다."

범호는 아무도 모르는 곳에서 열심히 땀 흘리며 살고 싶다고 말했다. 그리고 그의 아내가 미용사자격증이 있어 어느 변두리 달동네에 조그만 미용실을 꾸려볼 생각도 내비쳤다.

그 다음해 봄 상오도 농약가게를 정리하고 상경했다. 아이들의 교육에 열성인 아내의 성화로 서울로 올라온 그는 조그만 화훼가게를 열고 시간이 날 때마다 그날의 참상이 찍힌 사진전도 둘러보고 광주민주화운동에 관한 여러 방면의 책도 구해 읽었다. 먼저 올라온 범호와는 간간이 연락이 닿았지만 어쩌다 만나면 서로 바쁜 시간을 쪼개고 앉아 급한 소주를 들이켰다. 여전히 서릿발 같은 결기가 배어 있었지 많이 피곤한 모습이었다.

그즈음 상오는 임철우의 소설집 '아버지의 땅'을 읽고 있었는데, 그 소설집에는 '사평역'이라는 단편이 실려 있었고 소설의 도입부로 몇 줄의 시가 적혀 있었다.

내면 깊숙이 할 말은 가득해도
청색의 손바닥을 불빛 속에 적셔두고

모두들 아무 말도 하지 않았다

소설을 다 읽고 난 뒤에도 그 시구가 머릿속을 떠나지 않았다. 상오는 그 길로 곽재구의 시집을 구해 읽었다.

그는 범호에게 싸륵싸륵 눈꽃이 쌓이는 밤을, 간이역 대합실을 배경으로 할 말은 가득해도 아무 말도 하지 못하는 민중들의 삶을 보여주고 싶었다. 아니, 범호도 그만큼 그 시를 읽고 위안 받기를 바랐다. 그렇게나마 그의 아픈 마음을 어루만져 주고 싶었다.

범호는 중부 지방 어느 아파트 건설현장에 내려가 있었다. 둘은 어렵게 약속날짜를 잡았다.

식사를 겸해 몇 잔의 술이 오갈 무렵, 상오는 그에게 여벌로 산 시집을 내밀었다. 그는 시집을 펼쳐 들고 상오가 지목한 시를 읽었다.

"이딴 것이 무슨 소용이다요."

시를 읽고 난 범호는 이기죽거리듯이 말했다

"난 그저 조금이나마 공감해 보라는 거지."

"이깟, 시 나부랭이가 무슨 위안을 준다고……"

범호는 관념의 늪에 빠져 말놀음이나 하는 시가 싫다고 했다. 그 어떤 다짐도 결행도 없이 변죽을 울리는 말과 글로 허세나 부리는 먹물들이 밉다는 거였다.

"그래도 시간 나는 대로 한 번 읽어나 봐."

상오는 작정하고 산 시집을 억지로 쥐어 보냈다. 그때의 후유증

으로 한쪽 발을 저는 범호는 큰길 모퉁이를 돌아갈 때까지 한 번도
뒤돌아보지 않았다. 상오는 그가 사라진 길모퉁이를 향해 가만가
만 무언가를 웅얼거렸다.

일수불퇴
낙장불입

나는 바둑을 제대 말년에 배웠다. 말년의 무료함을 달래기 위해, 더디 가는 시간을 축내기 위해 5급 정도의 쫄병을 불러 앉히고 되는 대로 배우고 익혔다. 그런 이력 때문인지 상대를 안하무인으로 얕잡아보는 바둑을 둔다. 상대의 미생마가 조금만 빈틈을 보여도 거의 감각적으로 공격한다. 그러나 공피고아(攻彼顧我)라는 위기십결의 지적처럼 턱없이 무모한 공격은 전멸을 자초하는 역습을 불러 잘 나가는 국면을 그르치는 경우가 허다했다.

"야, 한 수만 무르자."

나는 새된 목소리로 말했다. 상대의 대마를 잡겠다고 끊은 돌이 도리어 이적수가 되어 내 쪽의 기둥마를 죽이는 꼴이었다.

"안됩니다."

쫄병은 어느 때와 달리 단호하게 말했다.

"한 수만 무르자는데 뻗대기는……"

나는 절단한 돌을 기둥마쪽으로 옮겨놓으며 말했다.

"바둑은 그렇게 두는 게 아닙니다."

쫄병은 꼿꼿한 자세로 일수불퇴 낙장불입이라고 못을 박았다.

"그럼, 여기 났다고 생각하고 그냥 한 번 두어나 봐."

나는 마늘모로 옮겨 놓은 돌을 두어 번 들었다 놓으며 그냥 한 번 수순이나 밟아 보자고 을러댔다. 거의 다 잡은 대마를 손바람 따라 둔 실착으로 단번에 뒤집힌 국면이 너무 분하고 애석했다.

"이 판은 제가 졌습니다."

쫄병은 최고참의 생떼를 무시하고 바둑돌을 쓸어 담았다.

갑자기 격노한 감정이 머리꼭지까지 치솟았다. 부르르 몸이 떨렸다. 붉으락푸르락 말아 쥔 주먹이 금방이라도 무슨 일을 저지를 것만 같았다. 나는 급히 담배를 피워 물었다. 극도로 몸을 사리는 제대말년이 아니었다면 최소한 바둑판이라도 뒤엎었을 것이다.

"진정하십시오." 쫄병은 나의 감정을 훤히 들여다보듯 말하고 한술 더 떴다.

"옛날 후한(後漢)의 황태자는 오나라의 태자와 바둑을 두다가 한 수 무름을 거절당하자 홧김에 바둑판을 들어 던졌는데, 바둑판은 공교롭게도 일어서 나가는 오나라 태자 뒤통수에 명중했답니다."

그렇게 태자가 죽자 오나라는 대놓고 반기를 들지 못했지만 장안의 황실에 입조하지 않았다는 거였다.

"야, 인마! 내가 뭐, 밴댕이속인 줄 알아."

나는 담뱃불을 비벼 끄고 버럭 소리쳤다.

"바둑돌은 일수불퇴지만 바둑판은 언제라도 다시 시작할 수 있습니다."

바둑돌을 쓸어 담은 쫄병은 지그시 반면을 응시하며 말했다. 나는 또다시 비장한 각오로 다섯 점을 놓았다.

쫄병은 여간내기가 아니었다. 그는 늦추고 당기다가 적당히 져주고 이기면서 전의의 불길이 꺼지지 않도록 살얼음 국면을 이끌었다. 쫄병의 처지에서 보면 최고참을 요리조리 갖고 노는 유쾌한 특과의 시간이었을 것이다.

나는 쫄병이 인증한 10급 바둑으로 제대했다. 내친김에 바둑을 더 배우고 익히고 싶었지만 복학하여 맞닥뜨린 학교는 도끼자루가 썩을 만큼 한가롭지 않았다.

나는 늘 시간에 쫓겼다. 적성에 맞지 않는 공부는 외울 것이 너무 많아 숨이 가빴고, 졸업을 앞두고 약사고시를 준비하는 4년차는 조그만 틈새의 여유조차 누릴 수 없었다. 회사생활도 마찬가지였다. 그동안의 한을 푸느라 먹고 마시고 놀기에도 빠듯한 나날이었다.

내가 다시 바둑을 두기 시작한 것은 고향 근처의 시골에서 약국을 개업한 후부터였다. 시골은 5일장이 지나면 대개 이틀 정도가 한가한 날이어서 보건소장으로 부임해 온 후배와 자주 어울려 바둑을 두었다. 그러나 누구한테나 10급이라 말하고 바둑을 두면 판

판이 졌다. 강을 거슬러 오르는 배가 멈추면 제자리에 있는 것이 아니라 뒤로 밀려간다는 격언처럼 오랜 관심 밖의 공백이 급수를 더 떨어뜨린 것이다.

나는 한동안 바둑에 몰입했다. 바둑에 관한 책도 읽고 몇 가지 기본정석도 따라 익혔다. 그러나 한곳에 매달리면 그것에 너무 빠져서 다른 것을 등한시하는 외곬의 성격 때문에 만만찮은 부작용이 뒤따랐다.

"그놈의 바둑판만 들여다보면 밥이 나오나, 떡이 나오나." 먼저 아내의 빈정거림이 날을 세웠다. 한가한 시간에 바둑책을 보고 있어도 곧바로 쟁쟁한 잔소리가 날아들었다.

"날마다 좁은 공간에 갇혀 지내는데, 이만한 취미도 못 누린단 말야?"

나는 욱하고 신경질을 부렸다. 이 정도의 취미도 즐기지 못한다면 영어의 몸과 뭐가 다르랴 싶었다.

"거울에 비친 당신 얼굴 좀 보세요. 그렇게 얼이 빠져 있으면 어느 누가 약을 지으러 오겠어요."

아내는 들어오는 손님도 돌아서 나갈 거라고 말했다. 아주 틀린 말은 아니었다. 정말이지 바둑에 깊이 몰입된 상태에서는 찾아오는 손님도 귀찮고 맞이하는 마음가짐도 소홀해지기 마련이었다. 알게 모르게 약국의 피해가 상당했다. 나는 3급 정도의 수준에서 바둑을 접었다.

바둑판은 좁지만 무한대의 우주다. 하고많은 사람들이 수수만

년 바둑을 두어도 똑같은 판이 재현되지 않는 무한대의 우주다. 어쩌면 나는 좁은 공간을 벗어나고 싶은 보상심리로 그 광대무변한 우주에 몰입했는지도 모른다.

그것은 지치고 찌든 생활에 상큼한 청량제 역할을 해준다. 아무런 변화가 없는 일상의 나날이 무덤덤해졌을 때 두는 바둑은 그야말로 일락(一樂)의 삼매경이다. 그런 까닭으로 나는 되도록 변화를 즐긴다. 바둑판이 온통 상전벽해가 되어 아수라의 혼돈 속으로 빠져드는 것을 좋아한다. 비바람 일고 천둥번개가 치는 바둑판에 고개를 숙이고 거기에 빨려 들어간 망망대해의 고독을 만끽하고 싶어 한다. 싱겁게 질 때도 있고 빠듯하게 이길 때도 있지만 승패는 나중의 일이다.

작은 바둑판 위에는 수많은 흥망성쇠가 반복되고 시시각각 온누리에 하나인 애오라지 판이 펼쳐진다. 그러므로 바둑판은 유한한 공간 속에 무한한 우주의 운행이 순환한다. 한 점의 돌마다 음양이 있고 삼라만상이 있으며 생로병사가 있고 부활이 있다. 죽은 뒤에 부활한 것은 예수님과 바둑돌뿐이다.

오래 전에 약국을 그만둔 나는 요즘 들어 인터넷으로 바둑을 둔다. 수많은 사람들과 기복이 심한 수담을 나눈다. 기분에 따라 2단까지 오르기도 하고 2급까지 추락할 때도 있다. 어느 땐 마우스 커서를 잘못 눌러 질 때도 있지만 크게 개의치 않는다. 또 다른 한 판의 바둑을 꾸릴 수 있기 때문이다.

"뭣 땜에 저리 머릿골을 쥐어짜고 끙끙대는지 몰라." 아내는 모든 것을 내려놓은 지금에도 바둑판에 몰입한 나를 트집 잡는다. 도무지 그러는 속내를 모르겠다는 것이다. 그럴 때마다 나는 바둑의 '바' 자도 모르는 아내에게, 한 수도 무를 수 없는 지나간 세월에게 따져 묻듯 외친다.

"우리네 인생은 일수불퇴 낙장불입이잖아."

가슴 뛰는 일을 하라

— 가슴 뛰는 일을 하라. 그것이 최고의 명상이다.

그 에이도스는 허구한 일상이 식상하고 진부해졌을 때 나른한 졸음을 깨우고 다가왔다.

— 그게 무슨 봉창 뜯는 소리야?

나는 깜박 졸던 눈을 뜨고 주위를 두리번거렸다.

— 신이 당신에게 준 메시지는 가슴 뛰는 일을 통해서 온다.

— 뜬금없이 왜 또 이러시는데……? 지금도 날씨가 궂을라치면 그때 박힌 대못이 얼마나 쑤시고 아픈지 알아?

— 가슴 뛰는 일을 할 때 당신은 최고의 능력을 펼칠 수 있고, 가장 멋진 삶을 살 수 있다.

— 가도 가도 첩첩산중인데, 그럼 이걸 다 어쩌라고?

나는 과장된 몸짓으로 눈앞에 널린 일상을 가리켰다.

　– 당신은 가슴 뛰는 일을 하기 위해 이곳에 태어났다. 그게 당신이 이 세상에 온 목적이다.

　– 염장 지르는 것도 아니고, 쩟. 지금 내게 딸린 식구가 몇인 줄이나 알아? 여기저기 대출 받은 원리금 상환은 어떡하고……

　– 지금 이 순간 가슴 뛰는 일을 하라. 지금 그것을 간절히 원할 때 우주는 전적으로 당신을 도와줄 것이다.

　– 개 풀 뜯는 소리하고 자빠졌네. 그나마 당신에게 속았던 지난날은 허파에 바람깨나 들었지만 이젠 그것마저 김이 샌 지 오래야.

　중년의 어느 날 저녁, 따분한 시간에 찾아와 끈질기게 세뇌하는 그 에이도스는 다릴 앙카의 목소리였다. 나는 그 목소리를 매몰차게 내치고 고개를 가로저었다. 한 번 삐끗 내디딘 헛발질로 대못이 박힌 아픔을 더는 되풀이하고 싶지 않았다.

　나는 대학을 졸업하고 사회에 나와 하루의 대부분을 좁은 약국의 매장과 조제실을 오가며 지냈지만 청소년기는 비교적 자유분방하게 보냈다. 부모의 곁을 떠나 중학교부터 대학까지 하숙으로 일관했기 때문에 고삐 풀린 망아지처럼 누구의 간섭도 받지 않고 가슴 뛰는 호기심에 쉽게 빠져들 수 있었다.

　외진 농어촌에서 초등학교를 졸업하고 낯선 도시에 홀로 나가 호기심에 눈을 뜬 문명의 발상지는 만화방과 극장이었다. 그 무렵 하숙집 근처의 만화방에서 가장 흥미진진하게 읽은 만화는 김종래의 '엄마 찾아 삼만 리'였고 소설은 방인근의 '벌레 먹은 장미'였다.

클릭 한 번으로 야동에 접근하는 요즘 아이들이 보면 하품이 나올 내용이지만 그때는 그것이 파격적인 포르노소설이었다. 만화를 보다가 한 단계 업그레이드되어 대중소설 쪽으로 눈을 돌린 것인데, 다행인 것은 그때 좋은 소설과의 교감도 함께 나눴다는 사실이다.

극장에도 자주 드나들었다. 까까머리에 하숙집 아저씨의 도리구찌를 빌려 쓰고 지린내가 진동하는 동시 상영관을 주로 찾았는데 변장술이 뛰어났던지 교외지도 나온 선생님들의 단속에 한 번도 걸리지 않았다.

어디로 튈 줄 모르는 럭비공 같은 시절, 나는 때때로 호기심이 충천해 적잖은 곡절을 겪었다. 고등학교 일 학년 때는 엉뚱한 패싸움에 휘말려 한 학년을 꿇어 전학했고 카뮈와 헤밍웨이를 설익히다가 대학입시를 재수했다. 그것뿐만이 아니다. 가고 싶은 대학을 선택할 수 없었던 굴종에 대한 반항으로 대학교 입학식도 치르지 않고 자원입대하는 치기를 부렸다. 지금 생각해 보면 모두 가슴 뛰는 일에 대한 분별없는 지향과 깊이 때문이었다.

대학을 졸업하고 약국을 개업한 뒤에도 가슴 뛰는 한눈팔기는 멈춰지지 않았다. 아니 한 번쯤 빠져들고 싶은 유혹의 촉수들이 아무 때나 엉기고 집적거렸다. 하지만 연년이 딸린 가족을 부양해야 했고 내 삶이 껴입은 구차한 남루를 벗어던지고 싶었다. 정말이지 돈 때문에 비굴한 웃음을 건네고 업신여김을 당하는 것만큼

비참한 것은 없었다.

약국이 터를 잡고 번창하던 어느 해 여름, 어디선가 마주친 다릴 앙카의 말이 들려왔다. 어쩌면 그 유혹은 반복되는 일상의 지루함이 불러들인 목소리였는지 모른다. 갑자기 소설을 쓰고 싶은 충동이 끓는 무쇠솥뚜껑처럼 들썩거렸다. 전혀 뜻밖의 일이었지만 짓누를 수가 없었다. 나는 이게 무슨 변고인가 싶어 호흡을 멈추고 가슴 뛰는 쪽을 노려보았다. 어림 반 푼어치도 없는 시선으로 꼬나보았지만 여전히 설레는 가슴을 진정시킬 수가 없었다.

"일주일에 하루, 하루만이라도 약국을 벗어나고 싶은데?"

"뭐하려고요?"

아내는 뜨악한 눈길로 나를 쳐다보았다.

"소설을 쓰고 싶어. 지금 그것을 하지 않고는 도무지 견딜 수 없을 것 같아."

나는 한 달에 나흘이란 조건으로 아내를 설득했다. 아내는 적잖이 당황하는 기색이 역력했다. 어떤 것에 빠져들면 한 곳으로만 파고드는 외곬의 성격을 염려하는 눈치였다.

"그러다 경계 밖으로 넘어가 버리면……?"

"절대로 그런 일은 없을 거야."

나는 똑 부러지게 다짐했지만 그것은 나도 모를 구렁으로 한량없이 빠져든 일탈이었다.

그러나 늦바람도 언감생심, 나이는 불혹을 넘었고 감성 또한 녹슬 대로 녹슬어 노새도 아니고 당나귀도 아닌 말을 타고 내닫는 돈

키호테 식 돌진이었다. 그 늦은 나이에 소설을 쓴답시고 문화센터 문청들과 자주 통음했고 방황했다. 그러는 동안 남의 손에 맡긴 약국의 매상은 절반으로 줄어들었고 아내와 다투는 날도 잦아졌다.

"그 알량한 소설 좀 쓴다고 이래도 되는 거예요?"

어느 날 저녁 아내는 나를 막다른 구석으로 몰아세웠다. 될성부르지 못한 습작소설까지 마구잡이로 깔아뭉갰다.

하고 싶은 열정은 불타오르는데 거기에 미치지 못한 절박감 때문이었을까. 누구에게랄 것도 없는 울분이 머리끝까지 치솟았다. 나는 한밤중에 차를 몰고 한계령을 넘어 새벽녘에 동해안에 도착했다. 낙산사에 이르러 검푸른 바다와 맞닥뜨렸지만 쉴 새 없이 밀려오는 파도소리만 헛된 마음속에서 출렁거렸다.

다릴 앙카의 말은 악마의 유혹이었다. 그것은 모든 사람에게 해당되는 말이 아니었다. 설령 이룬다 해도 한 점 재도 없이 태우고 또 태우는 것이었다. 가다가 돌아서면 설레고 뛰는 가슴에 커다란 대못을 박는 것이었다.

나는 맥이 풀린 턱걸이로 겨우 통과제의를 치르고 도탄에 빠진 약국으로 돌아섰지만 후회는 하지 않았다. 늦게나마 하고 싶은 것을 향해 온몸을 던진 열정만으로도 충분히 보상받았다고 생각했기 때문이다.

– 그래도 그때가 그리울 텐데?

잊을 만하면 찾아오는 그 에이도스는 그날따라 약국의 셔터를 내릴 때까지 끈덕지게 들러붙었다.

　– 그렇긴 해.

　– 어때? 다시 한 번 시도해 보는 게?

　– 사람을 귀찮게 하는 것도 유분수지…… 나 지금 몹시 피곤하거든.

　– 걱정하지 마. 언제라도 가슴 뛰는 일을 시작하면 우주는 전적으로 당신을 도와줄 테니까.

　– 그놈의 개뿔 같은 소리, 그만하지 못해!

　나는 그런 기운이 온다 해도 다시는 소설을 쓰지 않겠노라 잘라 말하고 셔터를 내렸다. 그리고 그 에이도스가 숨어든, 별 하나 없는 밤하늘을 올려다보았다.

눈으로 말하기

조삼모 김혜영 부부는 결혼하고 일 년 반이 지날 무렵 가장 많이 싸웠다. 한마디로 영역 다툼이 치열한 춘추전국시대였다. 알게 모르게 서로의 영역이 침범 당했다 싶으면 퇴화한 꼬리를 물고 늘어지고, 뿔난 엉덩이를 들이대고 몰아붙이다가 오늘은 화가 머리끝까지 치민 본헤드플레이로 탁자 위에 놓인 그릇까지 깨트렸다.

쨍그랑!

그 순간 그들은 흠칫 놀라 가벼운 탄성을 질렀다. 박살난 그릇은 사방으로 튕겨나가고 바닥에 널린 조각은 날카로운 모서리가 되어 주뼛거렸다. 보이지 않는 구석까지 숨어들어 그들의 발바닥을 노렸다.

"출장만 갔다 하면 그 많은 돈을 어디다 쓰는 거야?"

오늘 아내는 앞뒤 가리지 않고 따져 물었다. 회사에서 주는 출장비가 넉넉한데 무슨 짓을 하길래 수금한 돈까지 축내고 오느냐는 것이었다.

"큰 거래처 지점장과 한 잔 하고 놀다가……"

삼모는 밤새 노름한 뒤가 구려 되는대로 주워섬겼다.

"내가 그런 말을 곧이들을 것 같아."

아내는 제발 거짓말 좀 하지 말라고 닦달했다. 무슨 짓을 했는지 솔직하게 이실직고하라, 다그쳤다.

"주문 받은 업자들과 심심풀이로 고스톱을 치며 놀긴 했어도…… 아니야, 난 정말 결백해…… 당신이 생각하는 그딴 짓은 결코 하지 않았다고……"

삼모는 노름한 사실을 둘러대다가 아내가 이실직고하라 다그치는 그딴 짓은 곁눈질도 하지 않았다고 되받았다.

"더는 속고 싶지 않아. 이젠 정말 헤어져."

아내는 뒤도 돌아보지 않고 집을 나갔다.

"알았어. 갈 테면 가. 나도 지긋지긋해."

삼모도 물불 안 가리고 아내의 뒤통수에 대고 쏘아붙였다. 결백한 이상 더는 밀리고 싶지 않았다.

영역 다툼이라 해도 약속대련처럼 몇 합을 겨루고 제풀에 지쳐 나가떨어지던 여느 때와 달리 오늘은 한 치의 양보가 없는 일방통행으로 갈 데까지 가 버렸다. 삼모는 피가 흐르는 발바닥을 내려다보며 다시는 도박하지 말아야지, 다짐했다.

멀리 되짚어 보면 부부싸움의 빌미는 '땡전 한 푼'으로 억눌려 살 았던 학창시절에 있었다. 그렇게 왕따 당했던 욕구불만을 이제라 도 보상받고 싶어 하는 한풀이에 있었다. 사실 결혼 전 그의 아내 도 얼마만큼의 묵계로 그걸 인정했지만 그런 트라우마가 도박으로 이어질 줄은 꿈에도 생각지 못했다.

남녀가 처음 만나 나누는 불같은 사랑의 열정은 2년 정도가 지 나면 거의 사라진다는데, 벌써 그 유통기한이 지난 것인가. 삼모 는 깨진 그릇 조각을 쓸어 담으며 그동안의 부부싸움을 곰곰 되짚 었다.

알다가도 모를 것이 부부싸움이었다. 주변을 둘러보면 간도 쓸 개도 다 빼줄 것 같은 닭살부부가 어느 날 갑자기 마른 장작처럼 쪼개지고 입 안에 든 음식도 나눠먹던 꼴불견이 홀연히 헤어졌다. 그토록 다정했던 사이가 서로 삿대질하며 붉으락푸르락 잡아먹지 못해 안달이었다.

뿔난 엉덩이를 들이대고 목청을 다해 싸운 탓인지 배가 고팠다. 삼모는 라면을 끓여 식은 밥까지 말아 먹고 하릴없이 소파에 누워 TV를 보았다. 그러나 여기저기 돌려 보는 채널은 건성나발이고 옆구리가 빈 날선 의식만 차디찬 밤하늘 새벽별처럼 말똥거렸다.

삼모는 자정 넘어 냉장고에 든 소주를 꺼냈다. 그러나 잠을 기 대한 술기운은 간에 기별도 가지 않았다. 그는 냉장고에 남은 두 병째 소주마저 비웠지만 과한 술기운에 곯아떨어지기는커녕 날감 한 의식 속으로 오만 가지 생각이 떠돌았다.

어쩌면 아내는 그가 축낸 돈보다 보고 또 보아도 보이지 않는 그의 마음을 들여다보고 싶었는지 모른다. 그렇게 미루어 생각해 보면 아내는 출장 나가 아무 데나 흘리고 집적대는 정을 경계하고 있는 것 같았다. 뿐만 아니라 그의 한풀이가 그런 오해를 불러일으킬 만큼 지나친 것도 사실이었다. 생각이 거기에 미치자 집을 뛰쳐나간 아내가 몹시 딱하고 안쓰러웠다. 삼모는 단단하게 마음을 고쳐먹고 꼭두새벽에 처갓집 문을 두드렸다.

"미안해. 내가 잘못했어. 다시는 그런 일이 없을 거야."

삼모는 진심으로 사과하고 용서를 빌었다. 그럼에도 아내는 차갑게 굳은 얼굴을 허물지 않았다. 나중에는 시큰둥한 눈길로 지켜보던 장모까지 그들의 사이를 복원시키려 애썼지만 아예 방문을 걸어 잠근 채 꿈쩍도 하지 않았다.

삼모는 갈데없이 처갓집에서 하룻밤을 묵었다. 그리고 일어나자마자 문밖에 서서 한평생 당신만을 바라보며 살겠노라, 맹세하고 맹세했다.

"그러면 여기에 각서를 써!"

부스스한 얼굴로 방문을 열어젖힌 아내가 A4용지와 볼펜을 내던지며 말했다.

"뭐라고……?"

삼모는 간절한 마음으로 아내를 쳐다보았다.

"언제 어디를 막론하고 내 눈앞에서는 이쁜 여자 따윈 쳐다보지 않겠다고……"

아내는 진지한 얼굴로 말했다. 한 번이라도 그런 꼬락서니가 목격되면 그때는 어떤 형벌도 달게 받겠노라 쓰라는 것이었다.

이쁜 여자 쳐다보지 않기라니? 아름다운 꽃이 피었는데 어떻게 아니 볼 수 있단 말인가. 서릿발 치는 찬바람에 비해 조금은 어이없고 생뚱맞긴 했지만 삼모는 뭘 따지고 말고 할 계제가 아니었다. 그는 어느 때, 어떤 자리 어느 곳에 가더라도 아내 앞에서는 절대로 이쁜 여자 따위 쳐다보지 않겠다, 각서를 쓰고 지장을 찍었다.

"다 용서해 줄 테니까, 솔직히 말해 봐. 이번 출장에서 축낸 돈은······?"

그런 각서까지 받고 집으로 돌아온 아내는 뭐가 더 미심쩍은지 새끼손가락을 치켜들고 그를 빤히 올려다보았다.

"성철스님이 말했잖아. 마음의 눈을 뜨라고, 그러면 보인다고."

삼모는 눈을 크게 뜨고 가슴을 툭툭 치며 말했다.

"그게 우리 같은 범인들에게 어디 가당키나 한 말이야."

"걱정 마. 그렇다면 내가 마음의 눈으로 말하는 법을 익힐 테니까."

그는 다시 한 번 가슴을 툭툭 치며 말했다. 더 이상 입에 발린 말로 헛된 말을 보태지 않겠다는 다짐이었다.

그날 저녁, 아내는 삼모가 좋아하는 매운 수제비를 끓였다. 그녀가 가장 자신 있게 만드는 요리였다.

"맛있어?"

"으응, 맛있어."

"자기 날 사랑해?"

"그러엄."

삼모는 목을 길게 늘이고 닭살 돋는 말투로 말했다.

"얼마만큼이나?"

"요만큼."

그는 오글거리는 가슴을 내밀고 두 팔을 벌려 무한대를 그려 보였다.

"그럼, 그걸 눈으로 말해 봐."

아내는 끝도 없는 증거를 확인하려 애썼다. 삼모는 뜨겁고 매운 수제비를 입 안에 머금고 사랑한다는 말을 눈빛에 드러내려 애썼다. 그러나 쉽지 않았다. 그때야 그는 마음속 깊은 곳에 또 다른 늑대가 산다는 걸 알았다.

경찰서 가는 술

"팔부능선을 보낸다. 절대로 꼭대기까지 올라가선 안 된다."

진도에 사는 두호가 명인이 빚었다는 토속주를 보내며 그렇게 말했다.

"무슨 술이기에 그리 호들갑이냐?"

"참말로 죽이는 술맛이다. 그렇다고 전봇대 껴안고 자지 말고 적당한 능선에서 하산하기 바란다."

친구는 이제 건강을 생각해서라도 팔부능선쯤에서 산천경개를 둘러보며 내려오라고 말했다. 이제 우리 나이가 그쯤에서 산세를 관망하는 것이 가장 아름답다는 말도 곁들였다.

"그래, 고맙다. 언제 만나 회포나 풀자."

나는 서울에 올라오면 연락하라는 다짐을 놓고 전화를 끊었다.

두호는 내가 대학에 복학할 무렵 하숙집에서 만난 친구였다. 당시 파월 장병으로 제대하고 취업을 준비 중이던 그는 마셨다 하면 두주불사였다. 나도 그의 밑 빠진 독에 빠져 막걸리깨나 축내고 다녔다.

　나는 술을 좋아한다. 더 정확하게 말해 술 마시는 분위기를 좋아한다. 취한다는 것은 무슨 맛이나 멋이 아니라 취흥에 있기 때문이다. 그러므로 술은 좀 모자란 듯 마시고 사람과 사람 사이에 흐르는 정취를 즐기려 하지만 그 또한 기분에 따라 주량이 달라지는 술꾼이라 일단 시동이 걸리면 그럴 가능성은 거의 희박하다. 그렇지만 좋은 안주가 널린 술좌석도 마음이 내키지 않으면 이내 일어선다. 그러므로 홀로 술을 마시는 경우란 몇 년을 통틀어도 다섯 손가락 안에 꼽을 정도다.

　나는 술맛이 당긴다 싶으면 끝까지 간다. 좀 비겁해도 좋으련만 먼저 꽁무니를 빼거나 일어서는 법이 없다. 문제는 술이 술을 부르고 술잔에 빠진 나까지 마셔버린 경우다. 그런 날의 아침이면 어젯밤의 기억을 이어 붙이려 해도 잠깐씩 끊긴 필름이 어디로 갔는지 보이지 않는다. 그런 낭패가 없다. 희뿌연 안개 속 길모퉁이 어디쯤에서 무슨 실수라도 저질렀는가 싶어 마음이 헛갈리고 찜찜하다. 그럴 때마다 나는 불특정 소수에게 전화를 걸어 미리 자백하고 나선다.

　"내가 어제 많은 실수를 저지른 것 같은데, 이해해라."

나는 다짜고짜로 실수를 자인하고 상대의 의중을 살핀다.

"어제 모두 기분 좋게 마시고 헤어졌는데, 무슨 말을 하는 거야?"

"미안하다. 내가 요즘 상습적인 주폭(酒暴)이 된 것 같아서……"

나는 다시 한 번 실수를 인정하고 체면상 저쪽이 숨기고 싶어 하는 실상을 채근한다.

"허허, 참. 얌전한 샌님처럼 술을 마시고 무슨 실수를 저질렀다는 건지…… 너 지금 어젯밤 술이 덜 깬 모양이로구나."

"정말 아무 일도 없었어?"

"그래, 인마. 아무 일도 없었어."

상대는 거듭되는 나의 억지 자백에 화가 난 듯 목청을 돋운다. 나도 그쯤에서 그래, 미안하다. 좋은 하루 보내라는 말로 얼버무리고 전화를 끊는다.

그런 일을 겪고 나면 단단히 작심하고 술을 마시지만 취흥이 도도해지면 어느새 그런 경계는 온데간데없다. 그럼에도 이제는 의식을 흔들어 각을 세우고 술잔을 받는다. 한창때를 생각하고 마시다간 궁상맞고 너절하고 딱해지기 십상이기 때문이다.

젊은 시절 나는 어떤 줏대나 잣대도 없이 되는대로 술을 마셨다. 그러다가 술 능신에게 끌려가 논두렁을 베고 잠든 적이 있었다.

첫 휴가를 나온 일병 때의 일이었다. 나는 꿈에도 그리던 곱빼기 짜장면을 먹으려고 중국집에 들렀다가 그곳에서 친목 모임을 갖는 고향 친구들을 만났다. 나는 그들과 어울려 독한 빼갈을 나눠 마셨다.

"야, 우리 바닷가로 나가 놀자."

고만고만한 취기가 감돌 때쯤이었다. 누군가가 그렇게 말하자 모두 그러자고 따라나섰다. 우리들은 어둠이 내린 백사장에 모닥불을 피우고 목청껏 떠들고 노래했다. 그리고 쓸쓸하고 막막한, 어서 빨리 탕진되기를 바라는 젊음을 탄식하며 술을 마셨다.

다음 날 아침, 나는 물웅덩이에 바짓부리를 적신 채 논두렁을 베고 누워 있었다. 필시 물귀신에 쒼 것이야. 논물을 보러 나온 아랫마을 사람은 가까스로 몸을 일으켜 정신을 수습한 나에게 그렇게 말했다.

동네 어귀에서 헤어진 친구들에 따르면 내가 집으로 가는 걸음걸이를 지켜봤지만 별로 취해 보이지 않았다는 거였다. 그렇다면 어떤 손이 나를 끌고 들어가 논두렁을 베고 잠들게 했는지 지금 생각해도 아찔하다. 정말이지 물귀신에게 홀리지 않고는 설명하기 어려운 수수께끼였다.

그 후 나는 극도로 술을 꺼렸다. 그리고 다시 술을 마실 즈음에는 도를 넘지 않는 계양배의 주도(酒道)를 익히려고 애를 썼다. 아니 수십 번 다짐하고 경계했다. 하지만 타고난 주량 탓인지 그토록 주의하고 다짐했음에도 불구하고 잠깐씩 끊긴 필름이 더러 있었다. 하지만 논두렁을 베고 잠든 날처럼 아예 나를 놓친 적은 거의 없었다.

그러나 부끄럽게도 통째로 나를 잃어버린 날이 또 있었다. 그것도 우리 집 안방에서 그런 어처구니없는 개망신을 당했다.

그러니까 진도에 사는 두호가 토속주를 보내온, 그즈음의 세월 저편이다. 지금은 울산에서 개업하고 있는 막내 동서가 포천에서 군의관으로 근무하고 있을 때였다. 그는 휴가차 광주로 내려가던 길에 처제를 대동하고 우리 집에 들렀다.

　아내는 술상을 차리고 나는 친구가 보내준 토속주를 꺼냈다. 우리는 색깔도 고운 술이 마시기도 좋아 그걸 금방 바닥냈다. 그리고 시바스 한 병까지 꺼내 놓고 권커니 자커니 술잔을 비웠다.

　그렇게 얼마나 마셨을까. 아침에 일어나니 어떻게 떨어졌는지 아무 것도 생각나지 않았다. 나는 토속주를 마신 이후부터 진즉에 필름이 끊긴 상태였다.

　처제는 우리 집에서 하룻밤 자고 갈 요량이었지만 뒤늦게 용인 아주버님 댁으로 가야겠다며 동서를 이끌고 자리를 떴다고 한다. 처제를 따라나선 동서도 지하철에서 엉덩이를 하늘로 쳐들고 인사불성으로 보대낀 모양이었다.

　부끄럽고 민망했다. 처제에게 미안하고 아내를 볼 낯이 없었다. 손윗동서로서 온통 필름이 끊긴 체면이 말이 아니었다. 나는 그 술을 보낸 친구에게 다짜고짜로 전화를 걸었다.

　"야, 요놈아. 누굴 죽이려고 그런 술을 보낸 거야?"

　나는 전화통에 대고 애먼 친구를 닦아세웠다.

　"너 혹시 경찰서 간 거 아냐?"

　"경찰서라니?"

　"그 술은 함부로 마셨다간 경찰서까지 가는 거야, 인마."

"뭐라고?"

"그걸 다 마셨다면 거기까지 간 게 천만다행이지."

친구는 그렇게 말하고 술도 여자도 팔부 능선쯤에서 하산하라는
충고를 잊지 않았다.

역설을 찾아서

"아니, 왜 거길 가겠다는 거예요?"

등산화를 신고 나서자 아내는 그럴 줄 알았다는 투로 따져 물었다. 새된 억양에는 당신의 의지가 겨우 닷새밖에 되지 않느냐는 비아냥거림이 묻어 있었다.

"산바람도 쐴 겸 그냥 한 번 찾아나 보겠다는데……"

그는 어젯밤의 악몽을 떠올리며 말했다. 어느 나라 왕으로 뽑힌 그가 철석같은 약속을 손바닥 뒤집듯 저버리다가 온갖 염력을 불러일으키는 투명인간에게 끌려가 괴롭힘을 당하는 꿈이었다.

"그러니까 그게 하필 지금이냐고요?"

아내는 의심에 찬 눈초리를 거두지 않았다. 금단증상이 극에 달한 지금, 그분의 묘소를 찾아가는 이유를 모르겠다는 것이었다.

"밝은 길은 어두운 듯하고 나아가는 길은 물러서는 듯하며 평탄한 길은 울퉁불퉁한 듯하다……"

그는 요즘 들어 읽고 있는 노자(老子)의 도덕경 한 대목을 중얼거렸다. 좀 생뚱맞긴 했지만 금연에 관한 한 아내에게 더는 할 말이 없었기 때문이다. 하지만 역설로 따진다면 담배만큼 모순적인 것도 없었다.

담배는 발암물질 덩어리다. 전문가들은 30만 개비 이상 담배를 피운다면 암은 자동적으로 걸릴 수밖에 없다고 말한다. 그럼에도 대다수 애연가는 건강에 해롭다는 사실을 알면서도 담배를 입에 물고 불을 붙인다.

왜 담배를 피우는가? 그것은 바로 천천히 죽어가는, 그 행위로부터 쾌감이 발생하기 때문이라는 것이다. 역설적으로 담배가 건강에 이롭다면 피울 사람이 거의 없을 거란 주장이다. 다시 말해 건강에 해롭다는 그 이유 때문에 담배를 피운다는 것이었다.

"세상에 얼마나 헤프고 의지박약한 귀신이 담배를 퍼뜨렸을까?"

아내는 만날 지키지도 못할 약속을 공포해 놓고 하루아침에 번복하는 심리를 알다가도 모르겠다고 구시렁거렸다.

"걱정 마. 이번엔 하늘이 두 쪽 나도 끊고 말 테니까."

그는 현관문에 붙여 놓은 '담배를 문 해골'을 바라보며 의지를 다졌다. 그러나 그런 각오와 다짐이 어디 한두 번의 일인가. 정말이지 니코틴의 중독성은 마약보다 더 강력한 것이어서 아무리 철심 같은 의지의 표명도 언제 어떻게 손바닥을 뒤집을지 알 수 없는 노릇이었다.

식후연초소화촉진(食後煙草消化促進)이라. 우리나라에 담배가 들어온 임진왜란 무렵에는 온갖 병을 일으키는 독초인 줄도 모르고 충치를 예방하고 가래를 삭혀주며 소화를 촉진하는 약초로 여겨졌다.

'네다섯 살이면 담배를 배워 남녀 모두 피우지 않는 이가 없다.' 하멜표류기에 적힌 지적처럼 담배는 잘못 알려진 그 폐해를 차치하고라도 뇌리에 인이 박히는 중독으로 삽시간에 조선을 홀린 요망한 풀이 되었다. 김홍도의 운우도첩에서 엉덩이를 드러낸 기생이 후배위로 몸을 섞는 동안에도 장죽을 물고 있는 걸 보면 그 중독성이 얼마나 심각한가를 여실히 보여준다.

이제는 국가에서 제조 판매한 담배를 장소 불문하고 피웠다간 간접살인을 저지르는 범법자로 벌금을 무는 세상이 되고 말았지만 그럼에도 불구하고 끊임없는 흡연자는 자기 자신이 중독되었다는 사실을 망각한 채 주야장천 담배연기를 내뿜는다. 그러므로 어느 날 문득 마약보다 강력한 중독성의 폐해를 몸소 느낄 때쯤이면 브루스 보헬의 말처럼 백 번도 넘게 끊지 않으면 안 된다.

말년의 공초는 담배를 끊고자 했을까? 아니, 빈센트 반 고흐는 끝내 담배를 끊었을까? 얼마나 금연이 절실했으면 '담배를 문 해골'을 그림으로 남겼을까? 그는 치명적인 담배의 해악성을 주절거리며 삼성사(三聖寺) 근처에 있는 공초의 묘소를 찾아 북한산 등산길로 접어들었다.

며칠 전 신문에 특집기사로 실린 공초의 묘소는 그가 사는 곳에서 그리 멀지 않았다. 빨래골을 지나 백암클럽 배드민턴장에서 좌측 숲길로 들어서면 '공초선생 묘소 입구'라 새겨진 오석을 만나고 그 오석이 가리키는 화살표 방향으로 꺾어 들어가면 '묘소를 찾아주신 분들께' 알리는 숭모회의 안내문이 걸려 있었다. 담배연기처럼 영원과 무한을 갈구했던 시인은 그를 숭모하는 사람들에 의해 단단한 철책에 갇혀 있었다.

철책의 출입문을 열고 들어서자 먼저 큼직한 장방형의 시비가 눈에 들었다. 시비에는 그의 대표작 '방랑의 마음'이 음각되어 있고 뒷면에는 그의 일생이 단 두 문장으로 새겨져 있었다.

평생을 독신으로 살다. 담배를 몹시 사랑하다.

그는 비닐봉지에 담아간 소주를 상석에 따라놓고 저도 따라 술을 마셨다. 특집기사에 실린 공초가 숭고하게 느껴지는 것은 하루에 여덟 갑 이상 피운 흡연도, 한평생 홀로 살아온 방랑도 아니었다. 공초는 늘 사람 만나는 일을 반갑고 고맙고 기쁘게 생각했다는데, 그때 앉은 그 자리가 모두 꽃자리라는 것이었다. 그는 공초의 꽃자리에 앉아 한 병의 소주를 다 비웠다.

술기운이 얼근해지자 가까스로 참고 있는 흡연의 욕구가 깊은 굴뚝 속 같았다. 담배를 문 해골의 움푹 팬 두 눈이 흡연에 대한 해악의 두려움보다도 무언가를 힘껏 빨아들이는 강렬한 갈망으로 느껴졌다.

　모든 형태의 중독은 도피라고 했던가. 그는 공초의 묘소를 뒤로
하고 하산을 서둘렀다.

　임표는 술도 담배도 멀리했는데 63세에 죽었고, 주은래는 술은
즐기고 담배는 피우지 않았는데 73세에 죽었고, 모택동은 술은 멀
리하고 담배는 즐겼는데 83세에 죽었고, 등소평은 술도 즐기고 담
배도 피웠는데 93세까지 살았더라.

　그는 산을 내려가면서 인터넷에서 떠도는, 골초들의 자기 합리
화를 떠올렸다. 그리고 빨래골 부근 어느 카페에 들러 그동안의
금단현상을 벌충이라도 하듯 거푸 두 대의 담배연기를 내뿜었다.
그래도 시퍼렇게 장담했던 양심의 가책은 남아 화장실에 들어가
양치하고 말끔하게 씻은 얼굴로 귀가했다.

　"그분은 지금도 담배를 피우던가요?"

　아내는 그의 몸 가까이 다가와 흠흠거리며 말했다.

　"예순아홉까지 살았더라고."

　"담배를 끊었다면 백세도 넘게 사셨겠네."

　아내는 그의 말을 낚아채듯 되받아넘겼다.

　"늙어가는 것도 질병이라는데, 그렇다고 꼭……"

　그는 그런 가정의 논리가 무슨 대수냐고 대거리하고 싶은 말을
꾹 참았다.

　"아무튼 모든 흡연자의 죽음은 자살이래요."

　아내는 빨랫감을 들고 다용도실로 들어가며 말했다. 그는 아내

가 눈앞에서 사라지자 가만가만 입속말을 중얼거렸다.

“미안해. 너무 많은 자살을 해서…… ”

새벽 산행

가만히 서 있는 차를 보고 놀라는 사람은 없습니다. 그러나 경적을 울리며 쏜살같이 달려오는 차를 보면 급히 몸을 피합니다. 그만큼 위험하기 때문입니다.

가만히 누워 있는 시체를 보면 모골이 송연합니다. 죽은 사람의 몸은 무기물에 불과하지만 혼령이 머물다 간 집이므로 보이지 않는 실체에 대한 두려움이 느껴지는 것입니다. 모든 죽음은 벌써와 아직 사이의 불안으로 와 있고 두려움은 인류가 이 지구상에 출현할 때부터 축적해 온 생존체험의 산물입니다. 프로메테우스가 불을 훔치기 이전의 인류는 한 치 앞도 보이지 않는 어둠이 얼마나 무섭고 불안했겠습니까. 그러므로 우리가 느끼는 어둠에 대한 불안은 바로 보이지 않는 실체, 그것에 대한 영장(靈障)이라 말할 수 있습니다.

교외로 차를 몰고 가다 보면 간간이 교통사고가 자주 나는 곳이란 표지판과 마주칩니다. 물론 그곳의 도로 여건이 열악한 탓도 있지만 억울하게 죽은 원혼이 그 자리를 떠나지 못하고 해코지하는 것입니다.

'심령치료를 연구하는 사람들'의 정기 모임에 강사로 나온 제령법사는 그것 또한 지박령(地博靈)이 일으키는 사고라는 것이었다. 그는 지박령에 관한 여러 현상을 예로 들어 그곳에서 느껴지는 업장의 영감을 전가했다.

우리나라가 IMF경제위기를 겪던 시절, 추장호는 동료약사의 소개로 그 모임에 가끔 나가 그들의 강론을 듣곤 했다. 세상에 알려진 의학이 현재에 이르러 모든 병을 다 치료할 수 없다는 전제하에 새겨들을 만한 것도 있었지만 황당한 것도 없지 않았다.

시공을 초월하는 우리의 마음은 어디에서 오는 것일까? 장호가 '심령치료를 연구하는 사람들'의 모임에 흥미를 느낀 것은 현대의학이 포기한 난치병과 희귀병에 대해, 그 치료 한계를 뛰어넘는 어떤 가능성을 기대했기 때문이다.

어찌하여 세계의 절반이 굶주립니까? 지금 이 순간에도 5초당 1명의 어린이가 영양실조로 죽어갑니다. 그러므로 비만은 인류에 반한, 인간의 육신에 들러붙은 지박령의 발현입니다. 그리고 그것이 바로 모든 성인병을 일으키는 영장이 되고 업장이 되는 것입니다. 제령법사는 세계의 절반이 굶주리는 배후의 원인과 대안은 접어두고 그것 또한 제령(除靈)하지 않으면 안 된다는 논리를 펼쳤다. 꼭 그를 두고 하는 말 같아서 장호는 허리를 곧추세우고 거북한 뱃살을 끌어당겼지만 미상불 제령의식으로 비만한 돈을 챙겨보겠다는, 얄팍한 장삿속이 엿보였다.

그날 이후 장호는 그들의 모임에 나가지 않았다. 그리고 제령법사의 말에 자극을 받아 곧바로 새벽 산행을 시작했다.

다이어트는 수많은 식단과 노하우가 떠돌지만 적게 먹고 많이 움직이는 것밖에 달리 방법이 없었다. 날마다 한정된 공간에서 활동량이 적은 그에게는 새벽 산행이 가장 적절한 운동이라 생각했다. 일찍 일어나기도 했지만 하루 종일 약국을 지켜야 하는 그로서는 그때밖에 짬이 없었기 때문이다.

장호는 거의 매일 북한산 중턱 마당바위에 올랐다. 때로는 범골까지 내려가 능선을 타고 하산하기도 했지만 그쯤에서 맨손체조를 하고 내려와 약국 문을 열었다.

새벽 산행은 그에게 상실했던 에너지를 충전시켜 주었다. 산행한 후 가게의 셔터를 올리고 하루를 시작하면 피로감도 훨씬 덜하고 울적했던 마음도 몰라보게 가뿐하고 상쾌했다.

장맛비가 오락가락할 때였다. 새벽잠을 깨고 일어나니 비바람이 치는지 문틀이 덜컹거리고 창문을 두드리는 빗소리가 들렸다. 여느 날에 비해 좀 이른 시각이었지만 장호는 주섬주섬 비옷을 챙겨 입고 집을 나섰다.

등산길로 들어설 즈음 비는 그쳤지만 인적은 뜸했다. 그는 큰길을 버리고 펜스의 개구멍으로 몸을 비집고 들어섰다. 큰길은 그즈음 설치된 매표소 직원의 눈치를 살펴야 하고 커다란 약수통을 서너 개씩 매달고 달리는 오토바이의 굉음이 싫기도 했지만 무엇보다 먼저 숲길로 접어드는 호젓함을 누리고 싶었기 때문이다.

마당바위에 이르자 비에 젖은 키 낮은 잡목들이 무릎을 적시고 가쁜 숨만큼이나 끈적이는 땀이 목덜미에 감겼다. 그는 잠시 걸음을 멈추고 반짝이는 알전구를 흩뿌려놓은 듯한 도심을 내려다보았다.

마당바위에 올라 맨손체조로 몸을 푼 그는 경사진 산등선을 향해 걸음을 옮겼다. 그곳에서 한 고개 능선을 넘어서면 시야가 탁 트여 멀리 상계동 아파트의 불빛이 한눈에 들어오고 솔바람소리도 시원하다. 그는 가슴을 펴고 깊게 들이마신 심호흡을 내쉬며 천천히 걸어 올랐다. 그날따라 홀로 걷는 산길이 더할 나위 없이 고즈넉하고 호젓했다.

거기서부터 범골까지는 내리막 외길이었다. 비좁은 비탈길에 불거진 바위는 물기에 젖어 미끈거리고 어둠 또한 더 짙었다. 그는 길가의 소나무에 등을 기대고 손전등을 켜 들었다. 환한 불빛이 어둠을 뚫고 일직선으로 뻗어 나갔다. 그는 어둠을 가른 불빛을 좇아 한참을 내려갔지만 발끝을 비추는 부신 불빛이 오히려 주변의 시야를 가려 약수터가 어디쯤인지 가늠도 되지 않았다.

몇 걸음 오르막길로 접어들 때였다. 뭔가가 길옆에 우뚝 서 있는 것 같았다. 그는 간밤의 비바람에 나뭇가지가 꺾인 줄 알았다.

그러나 그게 아니었다. 육감적으로 와 닿는 느낌이 서늘했다. 그는 손전등의 불빛을 옆으로 돌려 휘저었다. 숨이 턱 막혔다. 소스라치게 놀라 불빛을 내렸지만 대롱거리는 두 다리의 후줄근한 바짓부리로 빗물이 뚝뚝 떨어져 내렸다.

온몸에 소름이 돋고 머리끝이 쭈뼛했다. 곧바로 돌아섰지만 자꾸만 발길이 허둥거렸다. 장호는 여태 담력깨나 있다고 자부하고 살았지만 한 번 무섭증이 엄습하자 맞닥뜨린 나무마다 대롱거리는 두 발이 다가서는 것 같았다.

그는 그 골짜기를 어떻게 되돌아 나왔는지 모른다. 궂은 날씨 때문인지 아침이면 낭랑하게 울려 퍼지던 절집의 독경소리도 잠잠했고 큰길에도 사람 하나 보이지 않았다. 얼마나 숨차게 뛰어내렸는지 가슴이 빠개질 듯 아팠다. 장호는 가쁜 숨을 헐떡이며 산을 내려와 가까운 파출소에 신고했다.

"비바람 치는 그 어둔 새벽에 거길 혼자 갔단 말입니까?'

신고를 접수하던 순경은 잠시 고개를 들어 그를 빤히 올려다보았다.

"여태 혼자 다녔지만 아무런 문제가 없었거든요."

그는 그렇게 말하고 빠개지듯 아픈 가슴의 통증을 어루만졌다. 깊은 숨을 들이쉴 때마다 아직도 늑골 안쪽이 결리고 뻐근했다.

"여기 물 좀 드시고 이쪽 의자로 앉으세요."

순경은 그의 얼굴색이 안 좋아 보였는지 따뜻한 물을 따라 주고 매가리 없는 그의 거동을 거들었다. 장호는 의자에 앉아 눈을 감고 가만가만 숨을 골라 마음을 가라앉혔다.

우리나라가 IMF경제위기를 겪던 시절, 그의 새벽 산행은 그날로 끝이 났다. 좀 홀쭉해지던 뱃살도 좁은 공간에 눌러앉은 요요 현상으로 남산만 하게 불거졌다.

일탈의 궤도

나는 의약분업 직전에 약국을 그만두었다. 기존의 약국은 목이 좋긴 했지만 분업 장소로는 동떨어져서 일단 폐업하고 추이를 관망해 볼 요량이었다. 그런데 그런 나의 처지를 어떻게 알았는지 분업으로 뜨는 자리를 선점하고 한탕을 노리는 떳다방의 전화가 하루에도 수십 통씩 걸려왔다. 나는 그들의 미끼에 이끌려 여남은 곳을 둘러보았지만 터무니없는 농간에 휘말리기 일쑤여서 헛걸음만 하고 다니는 적잖은 곡절을 겪었다. 심신이 지친 나는 분업약국을 포기했다. 아니 그러잖아도 넌더리가 난 약국을 더는 계속하고 싶지 않았다.

그동안 아내와 함께 약국을 경영하면서 가장 힘든 것은 조금의 빈틈도 없이 이어지는 일상의 나날이었다. 시장 입구 오거리에 자리한 약국은 2층에 살림집과 3층에 아이들이 기거하는 공간을 겸하고 있어서 약사라면 누구나 탐내는 장소였지만 날마다 살림집과 약국만을 오르내린 우리 부부는 서울로 올라온 후 십 년이 넘도록 길눈이 어두워 주변에 무엇이 있는지조차 모르고 살았다.

날마다 아침 6시에 약국 문을 열고 밤11시에 폐문할 때까지 꼼짝없이 좁은 공간을 서성대다가 지친 하루를 마감하곤 했다. 그나마 쉬는 날이라곤 한 달에 두 번 격주로 문을 닫는 일요일뿐이었다.

생활이 무미건조하고 지루했다. 사는 게 이게 아니다 싶었다. 나는 폐업을 망설이는 아내에게 우리도 남들처럼 여행도 다니고, 산책도 하고, 책도 읽고, 영화도 보고, 외식도 하자고 꼬드겼다. 좀 느리게 살고 싶은 갈망이 분업을 핑계로 잘나가는 약국을 그만두자 부추긴 것이다. 결국 아내는 나의 끈질긴 세뇌에 넘어가 폐업에 동의했다.

예상은 금세 빗나갔다. 둘 다 노는 것이 서툰 우리 부부는 어디를 가도 서먹하고 어정쩡했다. '열심히 일한 당신 떠나라'는 어느 카피처럼 여행도 다니고 외식도 하고 영화도 보았지만 그것도 한두 번이지 금방 시들해졌다. 그동안 사 놓고 먼지만 쌓인 책도 읽고 뭔가를 쓰기도 했지만 그것 또한 한낱 억지 춘향에 지나지 않았다.

날이 갈수록 게을러지고 TV를 켜놓고 잠이 드는 횟수도 잦아졌다. 잠을 깨고 일어나면 낮인지 밤인지 분간 못하는 날도 있었다. 갑자기 남아도는 시간을 주체할 수 없었다. 어떤 날은 인터넷 바둑에 **빠져** 밤을 새우기도 하고 그런 날은 그 잠을 벌충하느라 하루 종일 잠만 잤다.

거 보란 듯이 아내의 시선이 **삐죽거렸다**. 아이들도 소 닭 보듯 무심했다. 나는 온가족이 함께하는 이벤트 여행도 꾸렸지만 모두 시큰둥했다. 정말이지 노는 것도 철저하게 계획하고 준비하는 기술이 필요했다.

진정한 안식은 노동 후의 휴식이라는 말이 절실하게 와 닿았지만 이미 약국을 개업할 의욕은 소진된 지 오래였다.

나는 얼마간 집을 떠나 있고 싶어 약사공론 구인란을 기웃거리다가 마땅한 자리가 눈에 띄어 이력서와 자기소개서를 제출하고 곧바로 면접을 보았다.

근무처는 서울에서 기차로 두 시간쯤 걸리는 동물약품 제조회사였다. 일요일 밤에 장한선열차를 타고 내려갔다가 목요일에 올라오는 일정이었지만 조건은 나쁘지 않았다.

가슴이 부풀어 올랐다. 무엇보다 지친 심신을 내려놓고 혼자만의 시간을 갖는다는 것이 생각만 해도 달뜨고 설레었다. 나는 옷가지와 책이 담긴 무거운 가방을 양손에 들고 근무지로 내려갔다.

업무는 비교적 단순했다. 가끔 생산단가를 낮추는 제제실험을 하고 카피한 약의 성분과 함량을 보고하는 것이었는데, 담당직원이 하는 일을 거드는 정도였고 내가 주로 하는 일은 생산부에서 올라오는 GMP서류를 확인하고 사인하는 것이었다.

나는 틈틈이 책 속에 **빠져들었다**. 너무 눈치가 보인다 싶을 때는 탈의실에 들어가 독서삼매경에 빠졌다. 그럼에도 서울 본사에서 하달된 지시를 어기거나 해야 할 일을 미룬 적은 없었다. 그만큼 내가 맡은 업무가 한가했다.

　문제는 주변 여건이었다. 농공단지로 조성된 공장으로 출근하면 활동반경이 실험실로 제한되고 퇴근하면 꼼짝없는 방콕의 신세가 되었다. 아파트에 함께 기거하는 사람들과의 관계도 서먹하고 불편했다. 서울에서 내려온 공장장과 생산부장이 각자의 방을 차지하고 있었는데 모두 취향이 다르고 개성이 강해서 물과 기름처럼 따로 놀았다.

　그럼에도 불구하고 가장 성가신 것은 파리 떼였다. 주변이 온통 농사터여서 두엄냄새 풍기는 농번기에는 들고 나는 출입문 사이로 파리들이 시나브로 들어왔다. 없던 적개심이 돋아날 정도로 아무 데나 내려앉고 달라붙었다.

　예민한 화공약품 때문에 파리약은 뿌릴 수 없었다. 파리잡이 끈끈이를 매달자는 의견도 있었지만 나는 반대했다. 보기에 흉할 것 같았기 때문이다. 날이 갈수록 실험실의 체면이 말이 아니었다.

　보다 못한 실험실 직원이 일회용 비닐장갑에 물을 담아 천정과 출입구에 두세 개씩 매달았다. 투명한 손이, 팽팽하게 부푼 손가락들이 고드름처럼 돋아나 모빌처럼 돌고 한들거렸다.

　효과에 의문이 들었지만 비닐장갑 속의 물빛이 산란하기 때문에 파리가 들어오는 것을 꺼린다고 했다. 과학적 근거가 있는지 몰라도 엄청나게 크게 비친 겹눈의 착시 때문에 파리가 접근하지 않는다는 것이었다. 나는 투명한 손이 파리를 쫓는다면 그동안의 적개심이 투사된 장풍 때문일 거라고 생각했다.

한동안 파리가 잠잠했다. 거의 눈에 띄지 않았다. 신기했다.

문득 투명한 손이 파리들도 벌벌 떠는 양심처럼 느껴졌다. 새삼 양심보다 무서운 게 없다는 생각이 들었다.

투명한 손은 양심이다, 요것들아! 남을 속이는 거짓을 매달아 흔드는 양심이 얼마나 무서운 줄 아느냐, 이 요망한 것들아! 나는 천정에 매달린 투명한 손을 쳐다보며 쾌재를 불렀다.

비록 며칠 후면 언제 내려칠지 모를 손바닥을 깔보고 그 투명한 손가락에 파리똥을 쌀지라도 아무 앞이나 두 손 비비고 귀찮을 정도로 집적대고, 청탁을 가리지 않고 주둥이를 들이대는 너희들의 꼬락서니가 얼마나 구역질나는지 아느냐, 이 추접한 것들아! 나는 졸지에 떠밀린 소외감을 그렇게 투사했다.

떠나오면 외롭고 그리운 것들이 눈을 뜨는가. 어느새 혼자 있고 싶은 여유는 간데없고 그만두고 싶은 생각이 들 때마다 당장 짐을 챙겨 올라가고 싶었지만 올라갈 때마다 환하게 바뀐 집안 분위기에 밀려 차마 그 말을 꺼내지 못했다. 나는 결혼 이후 그렇게 밝은 아내의 얼굴을 본 적이 없었다. 아내도 모처럼 맞은 여유와 해방감을 만끽하고 있는 것 같았다.

나는 일주일에 두세 권의 책을 독파했다. 허허벌판에 나가 마음 둘 데라곤 그것밖에 없었다. 오직 독서만이 외로운 나를 동무한다고 생각했다. 그렇게 날이 가고 달이 가서 일 년의 계약기간이 끝나갔다.

울고 싶어 뺨이라도 맞고 싶은데 본사에서는 아무런 연락이 없었다. 나는 당연히 재계약은 하지 않을 거라 단정했다. 책만 읽는 나의 근무태도를 모를 리 없었기 때문이다. 며칠이 지나도 감감무소식이어서 경리담당에게 물었더니 그렇게 되면 계약이 자동 연장된다는 것이었다. 더는 견딜 수 없었다. 나는 공장장에게 그만두겠다는 말을 남기고 곧바로 짐을 챙겨 서울로 올라갔다.

"웬일이세요? 연락도 없이……"

아내는 내려간 지 이틀 만에 돌아오는 나를 뜨악하게 맞이했다.

"짤렸어."

"그러니까 책은 가져가지 말라고 했잖아요."

아내는 그럴 줄 알았다는 듯이 언성을 높였다. 다시금 서로의 해방감이 갇히는 순간이었다.

통하지 않으면 썩는다

누군가가 쓰러진 그를 일으켜 앉히고 수그린 고개를 추켜올렸다. 이마에 흘린 피를 닦아 주며 무어라고 소리쳤다. 우경은 가까스로 눈앞에 둘러선 사람들을 올려다보았지만 시야가 흐릿하고 의식도 아득했다.

멍한 공동의 상태였지만 그가 쓰러져 있는 곳이 지하철입구 계단이라는 생각이 들고부터 얼마 전의 시간들이 느리게 뒤로 감기는 영상처럼 스쳐갔다.

그는 오후 늦게 세 편의 시를 발표한 중년의 여자와 뒤풀이 술을 마셨다. 시 창작 모임이 결성된 지 이제 겨우 두 달 남짓이라 거리감이 없지 않는 사이였지만 여자는 두 달째 끊고 있다는 담배에 불을 붙였다.

"갑자기 피우는 것도 끊는 것도 집착이라는 생각이 들어서요."

여자는 후련하게 담배연기를 내뿜으며 말했다. 그는 술 한 잔하고 싶다는 그녀와 대학로 꼬치구이 집에서 뒤늦게 시마(詩魔)에든 늦깎이 푸념을 안주 삼아 세 병의 소주를 마셨다.

지하철입구에서 인사를 나누고 헤어져 몇 발짝 계단을 내려갔을때였다. 우경은 순식간에 발을 헛디뎌 그대로 굴러 떨어졌다.

얼마쯤 정신을 잃었을까. 차차 의식이 돌아오자 오른쪽 둔부 밑으로 우련한 통증이 몰려왔다. 그는 119구급대원들의 들것에 실려 S대병원 응급실로 옮겨졌다.

CT촬영 결과 오른쪽 엉덩이뼈가 세 조각이 나 있었다. 의사는 그나마 머릿속이 정상인 것은 천만다행이라고 말했다. 그는 소식을 듣고 달려온 아내의 의견에 따라 집에서 가까운 A병원으로 옮겨졌다.

그는 도떼기시장 같은 응급실 바닥에 나흘간 방치되었다. 정형외과 학회기간이고 주말이라 수술할 의사가 없다는 것이었다. 죽을 것 같았다. 하지만 죽음보다 무서운 것은 진통제 효과가 소진될 때마다 몰려오는 통증이었다. 그는 칼끝에 서 있는 듯한, 모진 고통을 이를 악물고 버텼다.

수술은 닷새 만에 오전 10시에 시작해 오후 1시경에 끝났다. 마취에서 깨어나 주위를 둘러보니 아내와 아들이 서 있었다. 우선 살 것 같았다. 극심한 통증이 사라지니 그때야 입원실 천정이 평평하게 보였다. 불두덩에서 오른쪽 옆구리까지 한 뼘 반 정도 절개한 통증쯤은 거기에 비하면 아무 것도 아니었다.

목이 말랐지만 금식이었다. 우경은 물에 적신 거즈로 입술을 축이며 일주일가량 옴짝도 못하고 누워 있었다. 이게 운명인가 싶어 만감이 교차하고 목이 메었다.

"수술은 잘됐지만 앞으로 무혈성괴사를 극복해야 합니다."

회진을 돌던 의사는 그렇게 말했다. 수술한 엉덩이뼈에 피가 돌지 않으면 썩는다는 것이었다.

아내의 도움을 받아 노트북을 배 위에 올려놓고 인터넷을 검색해 보니 그의 나이에 엉덩이뼈를 그 정도로 다치면 사망률도 꽤 높은 편이었다. 그는 각오했다. 절름발이가 되더라도 어떻게든 일어나야 한다고 마음을 다잡았다.

그러나 죽음보다 무서운 통증은 사라진 게 아니었다. 부서진 엉덩이뼈의 통증이 수그러들자 이번에는 그 동통이 온몸으로 몰려왔다. 진통제를 맞지 않고는 도저히 견딜 수 없는, 정말 무어라 형언하기 어려운 통증이었다. 그는 4시간 간격으로 진통제를 맞았다. 주사바늘을 꽂을 데가 없을 정도로 수많은 주사를 맞고 또 맞았다.

수술 부위에 피가 통하고 뼈가 붙으려면 소태맛이라도 먹어야 했지만 병원에서 주는 음식은 영 입맛에 맞지 않았다. 병원 특유의 냄새 때문인지, 과도한 약물 탓인지는 몰라도 나중에는 보기만 해도 구역감이 치밀었다. 다행히 그의 여동생이 시골에서 갖고 온 낙지와 감태가 입맛을 돌게 해 그때부터 그는 식당과 집에서 요리한 음식으로 끼니를 거르지 않았다.

가장 큰 걱정거리는 대변이었다. 침대에 누운 채로 치부를 훤히 드러내고 내보낸 그 치다꺼리를 어느 누구에게도 맡기고 싶지 않았다. 정말이지 할 수만 있다면 아예 누고 싶지 않았다. 그러나 소변이든 대변이든 그것 또한 통하지 않으면 썩는 것이었다.

"다급한데, 어쩌지?"

우경은 입원한 지 열흘 만에 아랫배를 틀어쥐고 아내의 눈치를 살폈다.

"넓은 위생매트를 준비했으니 걱정 말고 보세요."

아내는 만반의 준비를 갖추고 환자복을 벗겼다. 오랫동안 살 비비고 산 부부지만 수발을 드는 아내에게 창피하고 미안했다.

배변의 치심과 일정한 간격으로 몰려오는 동통만 아니라면 그런대로 견딜 만했다. 그는 아내에게 나이가 더 들기 전에 청바지를 입어보고 싶었다는 말로 객쩍고 부끄러운 마음을 내비쳤다. 요 모양 요 꼴이 되었다는 뒷말을 생략한 채 아내의 극진한 노고에 감사했다.

아직은 아닌 것 같은데, 의사는 한 달여 만에 퇴원을 종용했다. 하지만 그렇게 권하면서도 개인병원으로 옮겨 더 입원해도 좋다는 여지를 남겼다.

우경은 구급차에 실려 집으로 돌아왔다. 더는 병원 냄새도 맡기 싫었다. 한 가지 마음에 걸리는 것은 일정한 간격을 두고 몰려오는 동통이었지만 어떻게든 그 고비를 넘겨볼 심산이었다.

아니나 다를까. 집으로 돌아온 지 사흘째 되는 날에 극심한 동통이 몰려왔다. 그는 그 고통을 견디다 못해 가슴을 쥐어짜고 온 몸을 뒤틀었다. 놀란 아내가 여기저기 전화를 걸었지만 그는 안간 힘을 다해 손사래를 쳤다. 어차피 가 봐야 응급실이고 또다시 각 종 검사와 입원수속으로 곤죽이 될 게 뻔했다.

극심한 동통은 가까스로 위기를 넘겼지만 아침에 눈을 뜨니 얼 굴과 손이 누렇게 변색되어 있었다. 각종 약물로 혹사당한 간 기 능이 한계에 도달한 느낌이었다. 애가 타는 아내의 걱정이 태산 같았다.

"녹두죽 좀 쒀 봐. 웬일로 갑자기 녹두죽이 먹고 싶네."

우경은 아내의 걱정을 무지르고 말했다. 그리고 녹두죽으로 거 푸 세 끼니를 때웠다.

몸이 원했던 녹두죽 때문인지, 그의 무모한 손사래 탓인지는 몰 라도 황달기는 이틀 만에 사라졌다. 위태했지만 죽을 고비는 넘긴 것 같았다.

가파른 사선을 넘고 나자 지금껏 보이지 않던 것들이 조금씩 보 이기 시작했다. 그것들은 전에 없던 내적 충동을 동반하고 나타났 다. 그는 그때부터 마음이 일으키는 기운대로 손과 발을 움직여 온몸의 근육을 이완시켰다.

그는 45일 만에 보행기에 의지해 일어섰다. 처음에는 머리가 핑 돌아 침대 위에 쓰러졌지만 기를 쓰고 일어나 한 발 두 발 걸음을 떼었다. 통하지 않으면 썩는다는 입속말을 되뇌며 아파트 실내를 걷고 또 걸었다.

"통하였느냐?" 그 옛날 기생집에서 하룻밤을 자도 만리장성을 쌓았다는 한량들은 이 말 한마디로 내밀한 운우의 화락을 되새겼다.

의사의 말대로 뜨거운 피가 통해야 낫는다. 무엇이나 통하지 않으면 썩는다. 정치도 그렇고 경제도 그렇다. 소통하지 못하면 여기저기 썩은 물이 고이고 부패한 냄새가 진동하기 마련이다.

아내는 그가 보행기 없이 반듯하게 걷는 것을 보고 청바지를 사다 주었다. 세상에 다시 태어나 가장 멋진 선물을 받은 것 같았다.

"통하였는가?"

우경은 딱 맞는 청바지를 입고 서서 그렇게 말했다.

"그게 무슨 말이에요?"

"부부는 심사가 뒤틀려도 이렇듯 맞춤 바지란 말이지."

"다시 한 번 시를 쓴다고 했다가는……"

아내는 닦달하고 싶은 뒷말을 줄이더니 눈시울을 붉혔다.

우리 몸의 중심

홀수 격월로 맞는 16일은 고교동창회 날이다. 두 달에 한 번 저녁 시간에 만나 얼굴바라기하며 담소하는 모임이지만 몇몇 주당파는 회식이 끝난 뒤에도 2차로 떼를 지어 몰려가기 일쑤였다. 수호도 그 주당파의 일원이지만 그날따라 치통이 지근거려 슬그머니 발을 빼려는데 뒤따르던 골수분자 성규가 덜미를 잡았다.

"이렇게 푹푹 찌는 밤에 일찍 집에 들어가 뭐하려고? 시원한 생맥주로 입가심이나 하고 가."

"오늘은 웬일로 술맛이 당기질 않네."

수호는 끌리지 않는 술맛을 핑계 대며 멈칫거렸다.

"야, 우리가 언제 술맛으로 술을 마셨냐. 정으로 마셨지."

성규가 한사코 그를 붙잡고 2차로 이끌었다. 저만치서 실랑이를 지켜보는 주당파들의 시선도 곱지 않았다.

피할 수 없으면 즐기라고 했던가. 수호는 딱딱하고 질긴 안주를 씹으며 500cc 생맥주에 소주를 타서 세 잔을 마셨다. 평소의 주량에 비하면 많이 마신 술은 아니었지만 지근거리는 치통 때문인지 심신이 가라앉고 늘어졌다. 그는 화장실에 가는 걸음으로 귀가하여 찬물로 씻고 일찍 잠자리에 들었다. 하지만 간단없는 치통과 열대야 때문인지 잠은 쉬 오지 않았다.

이태 전까지만 해도 그의 이는 아주 튼튼했다. 불성실한 양치질에도 불구하고 썩은 이 하나 없이 잇몸도 단단하고 치열도 골라 외관상으로는 아무런 이상이 없어 보였다. 그런데 어느 날 갑자기 치통이 찾아왔다. 불의의 교통사고로 몸서리치는 통증을 겪고 난 뒤부터였다.

그는 A종합병원 치과에서 스케일링하고 약을 먹었다. 그래도 잊을 만하면 치통이 나타나서 잇몸 속 치석을 제거하는 치주염 예방치료도 받았지만 어쩌다 오는 치통은 여전했다. 과음하거나 좀 피곤하다 싶은 날은 어김없이 왼쪽 어금니가 욱신거렸다.

열대야에 치통으로 전전반측하다가 잠이 들었는데, 수호는 새벽 4시경에 오만상을 찡그리고 일어났다. 잇몸을 절구통에 넣고 찧는 듯한 통증 때문이었다. 급한 마음에 상비한 진통제를 복용했지만 간에 기별도 가지 않았다. 그는 왼쪽 뺨을 감싸 쥐고 펄쩍펄쩍 뛰었다. 할 수만 있다면 송곳으로 잇몸을 들쑤시고 펜치로 이빨을 뽑아버리고 싶었다.

참다못한 그는 아파트 밖으로 뛰쳐나가 덫에 걸린 짐승처럼 신음하다가 밤에도 문을 여는 치과를 찾아 무작정 길을 나섰다. 아니, 너무 극심한 통증이라 가만히 앉아 있거나 서 있을 수도 없었다.

씨부럴! 별안간 그의 입에서 욕설이 튀어나왔다. 2차로 끌고 들어간 골수분자가 죽이고 싶도록 밉고, 모진 치통을 앓는데도 세상모르고 잠든 아내도 야속했다. 그리고 심야에 문을 열지 않는 치과도 원망스러웠다.

그는 열대야에 늘어진 거리를 발길 닿는 대로 걸었다. 그러다가 네온간판이 휘황한 어느 치과병원 앞에서 걸음을 멈췄다. 출입문은 굳게 잠겨 있었다. 씨부럴! 그는 다시 한 번 욕설을 내뱉었다.

그의 생전 그렇게 긴 밤은 처음이었다. 지금 당장 치통을 가라앉힐 수 있다면 그 어떤 짓도 마다하지 않을 것 같았다. 정말이지 참을 수 없는 치통은 지금까지 쌓아 놓은 인격을 황폐화시키고 보이지 않는 영혼까지 흔들었다.

수호는 왼쪽 뺨을 감싸고 실성한 아이처럼 서성대다가 어쩌면 이것이 죽음의 터널일지도 모른다는 공황에 빠졌다. 다른 장기는 모두 온전해도 어느 한곳의 장기가 탈이 나서 죽음을 맞는 것처럼 이렇듯 모진 치통이 지속되면 어느 순간 검은 막장 너머로 사라져 버릴 것 같은 공포감이 엄습했다.

수호는 한데 밤을 지새운 노숙자처럼 기진맥진한 새벽을 바라보았다. 동이 트는 거리는 점차 오가는 사람들의 발길이 분주했지만 치과병원 출입문은 한시바삐 열리지 않았다. 그는 9시경에 출근하는 의사의 꽁무니를 쫓아 병원에 들어섰다.

"혹시 어디에 부딪치거나 충격을 받은 적이 있습니까?"

엑스레이를 판독한 의사는 화면에 비친 치골을 마우스커서로 가리키며 물었다.

"없습니다."

녹초가 된 그는 급히 고개를 가로저었다.

"여기 보세요. 여기 어금니 뿌리가 이렇게 금이 갔잖아요."

의사는 왼쪽 두 번째 어금니 뿌리를 가리키며 말했다. 이렇듯 증거가 뚜렷한데, 무슨 딴말을 하느냐는 투였다. 문득 교통사고로 실려 가던 구급차 안에서 부서져라 어금니를 악물고 견딘 통증이 악머구리 끓듯 스쳐갔다.

갑자기 등줄기에 얼음물을 끼얹는 듯한 몸서리가 났다. 그동안 애써 잊고 살았던 교통사고의 아찔했던 순간이 사나운 이빨을 드러내고 으르렁거렸다. 더 이상 도망갈 출구는 없었다. 그는 어서 빨리 금간 어금니를 빼달라고 재촉했다. 의사는 이내 기다란 주사 바늘로 마취제를 주사했다.

"우리 몸의 중심이 어딘지 아세요?"

마취제가 스며들기를 기다리는 동안 의사는 마스크를 내리고 뜬금없는 것을 물었다.

"심장인가요?"

그는 별걸 다 묻는다는 투로 되물었다.

"아닙니다. 우리 몸의 중심은 지금 현재 가장 아픈 곳입니다."

의사는 이 세상의 중심 또한 정의와 양심이 짓밟히고 수많은 인명이 살상되는 곳이라고 말했다. 그는 자기 몸의 영토에 그런 분쟁이 일어나지 않도록 사전에 철저한 대비가 필요하다는 거였다.

"그동안 별 탈 없이 지내왔는데……"

"이제 지난날의 독선은 금물입니다. 어찌 보면 오늘 돌발한 통증도 그동안의 불평불만이 터지고 만 것입니다."

의사는 담배는 무조건 끊고 술은 적당히, 양치질은 식사 후 3분 이내 3분씩 하라 이르고, 치아가 부실해서 발생하는 여러 가지 질병을 열거했다. 심지어 치매까지 올 수 있다고 을러댔다.

앓던 이를 빼자 통증은 곧바로 사라졌다. 바람 숭숭한 구멍처럼 그렇게 시원할 수가 없었다. 그토록 확실한 효과도 그의 생전 처음이었다.

수호는 발치하고 세 달이 지나 임플란트를 식립하고 다시 두 달을 기다려 보철을 부착했다. 하지만 부모님에게 물려받은 자연치의 강도에는 훨씬 못 미치는 것이었다.

부모님이 물려주신 건강한 신체만큼 고맙고 감사한 것이 또 있을까. 그는 교통사고로 쇄골과 늑골이 부러졌을 때도 시골에 계신 어머니에게 불효막심한 걱정을 끼쳐 드린 것 같아 마음이 무거웠다.

공자는 신체발부수지부모(身體髮膚受之父母)라 이르고 그것을 손상시키지 않는 것이 효의 시작이라 했는데, 우경은 건강하게 물려받은 육신을 좌충우돌 덤벙대다가 훼손한 불효가 막심했다.

"어디 한 번 어깨를 휘저어 보거라."

어머니는 교통사고로 골절된 뼈가 완쾌되어 찾아뵈었을 때 그렇게 명령했다.

"다 좋아졌어요, 어머니."

그는 과장된 몸짓으로 두 팔을 휘두르며 말했다. 물끄러미 그의 몸짓을 지켜보던 어머니는 꾸짖듯이 당부했다.

"다시는 내 앞에서 다치지 말거라이."

길들여진 눈망울은 슬프다

"저 눈망울 좀 봐."

커피를 내리려고 주방으로 나가는데 거실에 앉아 있던 아내가 저것 좀 보라며 TV화면을 가리켰다. 온몸의 힘을 상대의 뿔에 맞대고 부라린 소의 눈망울이 너무 슬퍼 보인다는 것이었다.

공표는 말없이 TV화면을 지켜보았다. 괜한 말을 덧붙여 기복이 심한 갱년기장애의 감정에 휘말리고 싶지 않기 때문이다. 두 눈을 뒤룩거리며 거친 숨을 내뿜는 소싸움은 몇 차례 밀고 밀리다가 한쪽이 꽁무니를 빼고 물러서자 싱겁게 끝이 났다.

말은 하지 않았지만 그 또한 소의 눈망울이 짠해 보였다. 이마에 피가 배도록 상대와 뿔을 맞대고 씩씩거리며 밀어붙였지만 그들의 눈망울은 도무지 싸운다는 생각이 들지 않을 만큼 순진무구했다.

그럼에도 불구하고 뿔의 용도는 확연했다. 천적을 들이받아 물리치거나 경쟁자와 겨뤄 암컷을 차지하는, 몸이 지닌 도구였다. 하지만 지금은 우두머리 강적을 물리쳤다 해도 짝짓기는 꿈도 못 꾼다. 거의 수의사의 손에 의해 인공수정으로 번식하기 때문이다. 그러므로 사람의 손에 길들여진 그들의 싸움은 주인에게 승리의 상금과 베팅한 사람들의 잇속만 챙겨줄 뿐 져도 그만 이겨도 그만이었다. 둘 다 싸움이 끝나면 침버캐 흘린 혀를 늘어뜨리고 가쁜 숨을 몰아쉬며 경기장을 빠져나간다. 넘치는 힘으로 승리해 봐야 수컷의 구실도 못하는 신세가 되었다.

그 옛날 사람들은 소를 생구(生口)라 불렀다. 식구는 가족이고 생구는 한 집에서 함께 밥을 먹는 하인이나 종을 말한다. 그만큼 소는 인간에 의해 수천 년 길들여지고 순치된 동물이다. 그런 소를 싸움판에 몰아넣어 우승시키려고 과격한 훈련으로 야성을 북돋고 체력을 증강시킨다고 여물에다 미꾸라지 장어 개고기까지 끓여 먹인다. 싸움소로 단련시키기 위해 풀을 뜯고 되새김질하는, 타고난 식성까지 거스르는 것이다.

공표는 리모컨을 들어 소싸움이 중계되는 채널을 드라마로 돌렸다. 그렇잖아도 갱년기장애를 겪고 있는 아내에게 짠하고 안쓰러운 감정까지 보탤 필요는 없었다. 그럼에도 아내는 바뀐 채널은 아랑곳하지 않고 무언가를 골똘하게 생각하는 모습이었다.

"다시 바다로 방류한다는데, 당신은 어떻게 생각해?"

아내는 한참 만에 서울대공원에서 수중 쇼를 하는 돌고래로 말

머리를 돌렸다. 갑작스런 대화의 전환이었지만 갱년기 고개를 넘는 동안 아내의 관심은 온통 슬프고 애잔한 것들에 쏠려 있었다.

요즘 들어 열세 살짜리 남방큰돌고래 제돌이가 제주 해역에서 불법 포획되어 팔려온 것이 밝혀지자 동물보호단체의 비난과 여론이 들끓었다. 서울대공원은 돌고래 쇼를 잠정 중단했고 서울시장은 제돌이를 방사하겠다고 발표했다. 그런 까닭으로 아내의 관심 또한 세간의 논란에 휩싸여 있었다.

"돌려보내는 것이 마땅한데, 그게 꼭 정답인지는 모르겠어."

공표는 오늘 아침 신문기사를 떠올리며 말했다. 매체마다 순치된 돌고래를 야생으로 돌려보냈을 경우 과연 살아남을 수 있느냐는 찬반양론이 비등했다.

야생성을 없애는 것이 순치인데, 돌고래는 순치하는 동안 극심한 스트레스로 반 이상이 죽는다고 한다. 그는 그렇게 길들인 제돌이를 자연으로 돌려보내는 것이 과연 옳은 일인지 의문이 들었다. 수천 년 순치된 소까지 야생성을 북돋아 싸움소로 길들이는, 인간의 임시방편적 발상이 영 마뜩찮았다.

"그래도 그 좁은 곳에 마냥 방치해 둘 순 없잖아요?"

아내는 연속극이 방영되는 화면을 흘끔거리며 말했다.

"그렇긴 한데, 거기에 갇힌 동물들의 형평성도 따져봐야 하고……"

공표는 이태 전 동물원을 뛰쳐나간 말레이 곰을 예로 들었다. 얼마나 야성이 그리우면 그토록 무모한 돌발행동으로 탈출을 감행

했겠는가. 그는 순치된 제돌이를 방사한다면 당연히 말레이 곰도 그가 잡혀 온 곳에 풀어주어야 한다고 주장했다.

"당신은 아예 동물원을 없애자는 쪽이네요."

"그건 아니고……, 내 말은 순치된 돌고래를 풀어준다면 아직 학습이 덜된 동물들의 형평성도 좌시할 수 없다는 거지."

그는 며칠 전 아내가 들려준 학습의 무력감을 빗대었다. 그날 아내는 사냥꾼에게 잡혀 온 매에 관한 이야기로 야성이 어떻게 순치되는가를 일러주었다.

"사냥꾼이 마당 한가운데 말뚝을 박고 매를 매어 놓으면, 매는 하늘로 날아가기 위해 수천 번의 비상을 시도하지만 번번이 땅으로 곤두박질치고…… 그렇게 오랜 세월이 흘러 밧줄은 삭아 끊어졌지만 매는 날아갈 생각조차 하지 않는다는 거예요. 날아 봐야 또 떨어질 게 뻔해서 스스로 포기하고 만다는 거죠."

아내는 그 실례로 신안의 한 섬에서 노예 같은 삶을 살아온 사람의 이야기도 곁들였다. 당시 다섯 살이었던 그는 짜장면 한 그릇의 꾐에 넘어가 유괴된 후 온갖 신체적 학대를 받으며 마소처럼 일했지만 한 번도 대들지 못했다는 것이다. 범인은 늙고 그는 한창 나이로 힘이 세져서 반항할 수 있는 젊은이가 되었지만 길들여진 대로 순응하고 살았다는 것이었다.

"난 당신에게 얼마쯤 학습되었을까?"

어느새 연속극에 몰입된 아내가 눈시울을 붉히며 말했다. 하필이면 남편에게 시시콜콜 간섭받는 연속극의 진행 조짐이 먹구름

낀 날씨처럼 불순했다.

"왜 또 그래. 난 당신에게 송두리째 순치된 사람이야."

공표는 나지막이 목소리를 내리깔고 말했다.

"당신은 나 좋으라고 그렇게 말하지만 속마음은 늘 그게 아니잖아요."

아내는 곧바로 그의 말을 가로질렀다. 자기 말에 무조건 순응하는 것도 본심을 드러내지 않기 위한 연막전술이라는 것이었다.

아주 틀린 말은 아니었다. 부부 일심동체라지만 닮아간다는 건 이미 자기를 죽이는 거나 마찬가지였다. 서로가 서로에게 학습된 순응력은 타고난 자기 색깔을 지우고 수긍하며 사는 것이었다. 공표도 그게 편하다고 믿는 편이지만 그럴 때마다 그의 마음속 포즈는 영 딴판이었다.

"당신의 그런 억지는 나의 사고방식까지 길들이려고 하는 말이 아닐까? 우린 그만큼 서로가 서로에게 동화되었단 것이고……"

"학습이 아니고 동화라고요?"

"우린 길들여진 동물이 아니잖아."

공표는 소파에서 일어나 과장된 몸짓으로 두 팔을 벌려 보이고 주방에 들어가 커피를 내렸다. 아무리 찧고 빻아도 익숙해질수록 속이 빤한 대화는 갈수록 식상하고 진부해서 결국엔 섭섭하고 처량해지기 마련이었다.

아무렴, 사람에게 길들여지는 것만큼 가엾은 것도 없지. 싸움소의 부라린 눈망울도 불쌍해 보이고, 수중 쇼를 하는 돌고래의 몸짓도, 서커스단의 호랑이와 사자의 눈도 어딘지 모르게 애잔하고 짠해 보이지 않던가. 사랑의 최대의 적이 익숙해지는 것이라면 길들여진 모든 눈망울은 슬퍼 보일 수밖에.

커피를 들고 서재로 돌아온 공표는 책상 위에 놓인 거울을 끌어당겨 물끄러미 응시하는 눈망울을 바라보았다.

티
토
노
스
의
꿈

페이스북에 들어가 허접한 글을 쓰고 몇 줄 댓글을 달다가 바둑 사이트로 이동해 한창 대국 중인데, 휴대폰이 울렸다. 중학교 동창 영강이었다.

"야, 나와라. 영화 한 편 보고 점심이나 먹게……"

아파트 입구에 와 있다는 그는 전화를 받자마자 빨리 나오라고 다그쳤다.

"뜬금없이 무슨 영활 본다는 거냐?"

"시간 없다. 빨리 나와라."

영강은 뭐가 그리 급한지 빨리 나오라는 말만 되뇌었다.

나는 다 이긴 바둑을 불계패하고 아파트 입구로 내려갔다. 그는 무슨 바람이 불었는지 곧장 나를 끌고 영화관으로 직행했다. 그리고 간신히 턱에 걸린 조조할인으로 영화 '은교'를 보았다.

너희의 젊음이 너희 노력으로 얻은 상이 아니듯 내 늙음도 내 잘못으로 받은 벌이 아니다. 노시인은 어느 문학상 시상식에서 누구도 비켜갈 수 없는 세월의 덧없음을 그렇게 일갈했다. 가슴이 서늘했다. 나는 이 영화를 보고 나오면서 영생은 얻었지만 영원한 젊음을 부여받지 못한 노쇠로 구석진 방에 유폐되어 매미가 되었다는 트로이의 왕자 티토노스가 생각나 마음이 씁쓸했다.

"육신은 늙어 가는데 영혼이 늙지 않는 것은 크나큰 비극이지."

나는 영화를 보고 나오면서 그렇게 중얼거렸다.

"아무렴, 인간에게 늙음이 맨 마지막에 오는 것 자체가 비극이고말고."

영강은 그렇게 말하고 어느 작가의 소설에 실렸다는 문장을 낭송하듯 읊조렸다. 벌레였다가 스스로 자기를 가두는 번데기였다가 마침내 천상으로 날아오르는 나비처럼 인간의 절정도 생의 마지막에 와야 한다고. 인간은 푸르른 청춘을 너무 일찍 겪어 버린다고……

"그렇다면 신은 그런 실수를 인정하고 있을까?"

"인정하지 않을 거야. 누구나 한창때는 그런 비극을 아득한 세상 저편이라 여기니까."

영강은 그렇게 이르고 세상 어디에도 노인을 위한 나라는 없다고 말했다.

"그래도 넌 연금을 많이 받잖아."

나는 그가 외롭고 쓸쓸한 노년을 칭얼대도 엄살궂게 느껴졌다. 솔직히 나는 그가 받는 사학연금이 부러웠다.

"난 그걸 늙은 죗값으로 받는 게 아냐."

영강은 정색을 하고 말했다. 그는 연금을 받는 늘그막이 나라로부터 보장받는 여생이라 여기는 세간의 인식에 강한 반감을 드러냈다.

"그렇다 해도 넌, 노인을 위한 나라에서 사는 거야."

나는 그의 반감에 엇박자를 놓고 시끌벅적한 국밥집으로 들어섰다.

예나 지금이나 늙어 가면 천해지고 병이 들면 업신여김을 당하거나 요양병원으로 보내져 가족들도 멀어진다. 세상의 모든 것이 골마지 끼고 시어져서 자기 색깔을 잃고 희미해진다.

오늘 아침 어느 신문에 구독자가 투고한 글을 보고 안 사실이지만 80세 이상 노인을 부양하는 가족은 전세방 얻기도 어렵다고 한다. 공짜로 달라는 것도 아닌데 문전박대 당하기 일쑤라는 것이었다. 그리고 노인을 가장 박대하는 곳으로는 서울의 유명 호텔들이 운영하는 피트니스센터를 꼽았다. 한마디로 물을 흐리기 때문이라는 것이었다.

카페나 커피숍 술집도 마찬가지였다. 어쩌다 젊은이들이 모여드는 곳에 들어가면 같은 돈을 내는데도 못마땅해 하는 눈빛이 역력하고 썰렁한 분위 속에 앉아 있기도 뻘쭘했다.

영강은 돼지머리 수육에 낮술 몇 잔을 걸치더니 수첩을 꺼내 무언가를 급히 적었다. 지지난해 건낫없이 외롭고 쓸쓸하다 가을을 타더니 서울메트로에 응모한 시가 지하철 스크린도어에 게재된 이후 틈만 나면 무언가를 메모했다.

"뭘 그렇게 적는 거야?"

나는 술맛 떨어지게 무에 그리 넋을 놓느냐고 투덜거렸다.

"으응, 언뜻 떠오르는 시상을 붙잡아 두려고……"

"꼬부랑 늘그막에 위대한 시인 탄생이 멀지 않았네."

나는 자작으로 술을 따라 마시며 잘근거리듯이 비아냥거렸다.

"지 몸에서 난 귀신인지 몰라도 늙어지면 젊은 날의 꿈마저 괄시를 받더라고……"

그는 달아난 새벽잠을 붙잡지 못해, 그 적막한 혼자만의 시간을 메우려고 시를 쓰곤 했는데 나이에 제한을 받아 등단하기가 쉽지 않다고 털어놓았다. 거짓말 같아도 머리가 희끗해지면 문예지 신인상에 응모할 자격까지 새하얘진다는 것이었다.

"설마!"

나는 튕기듯이 말하고 고개를 갸웃거렸다. 아무리 노인을 박대하는 세상이라 해도 시인의 자격을 나이로 제한하는 나라가 어디 있단 말인가. 아무래도 일천한 영강의 시력(詩歷)이 미심쩍었다.

"겉으론 연령기준을 두지 않지만 응모한 원고에 주민등록번호 앞자리를 적으라 하고, 어떤 곳은 현재를 촬영한 사진을 부착하라 하고…… 그것뿐만이 아냐. 아예 노골적으로 꼰대들은 출입금지란 팻말을 내걸기도 하고……"

영강은 그나마 서너 곳의 문예지가 무관해 보이지만 나이든 신인을 선호하는 것은 결코 아니라고 말했다. 글이란 쓰고 나면 나이티가 나기 마련이라서 고만고만한 작품을 응모한 늙은이는 뒤로 밀려나기 십상이라는 것이었다.

"네가 쓰는 시가 여고 문예반 수준은 아니고?"

나는 빈정대듯 그의 시를 깎아내렸다.

"인정해. 인정하고말고…… 그렇지만 가장 공정해야 할 문단마저 늙은이를 도외시하는 풍토가 서럽다, 이거지."

그럼에도 불구하고 길이 없는 것은 아니라고 했다. 문예지를 대량으로 매입하거나 문화예술을 사랑하는 발전기금 차원에서 상부상조하면 등단이 가능하다는 것이었다.

"그렇담, 그렇게 하는 것도 무방하겠네."

나는 다시 한 번 그의 시력을 깔아뭉갰다.

"미쳤냐. 자존심 상하게, 쩟."

영강은 늙은 것도 서러운데 그런 장삿속 통과의례가 무슨 굿거리장단이고 허튼 타령이냐고 침을 튀겼다.

"근데, 아까 은교가 말야. 여고생이 왜 남자랑 자는 줄 알아요, 하면서 뒷말을 뭐라더라?"

그는 낮술이 거나해지자 게슴츠레 치켜뜬 영화 속 한 장면을 꺼내 물었다.

"나도 외로워서 그래요. 나도……, 그렇게 말하는 것 같던데."

"그래, 그래. 항우장사라도 졸린 눈꺼풀은 들어 올릴 수 없고 시간을 이기는 젊음도 없지."

　영강은 불쾌한 얼굴로 국밥집 천정을 바라보더니 어떤 시상이 떠올랐는지 수첩을 꺼내 뭔가를 급히 적었다.

아
궁
이
와
굴
뚝

서재에 앉아 꽃비가 내리는 창밖을 내다보고 있는데, 아내가 부리나케 들어와 TV를 켰다. 그리고 저것 좀 보라며 TV화면을 가리켰다. 화면 밑으로는 키, 나이, 학교, 몸무게, 혈액형 등의 자막이 줄지어 스쳐갔다.

"저게 뭔데?"

"정자를 파는 대리부의 신상명세서라네요."

아내는 벌겋게 상기된 목소리로 말했다.

"대리부의 신상명세서라고?"

경환은 전말의 내막도 모른 채 아내의 격한 감정을 거들었다.

"아무리 말세라도 그렇지, 무슨 천벌을 받으려고 저 지랄들인지 모르겠네."

아내는 막말을 서슴없이 내뱉었다. 얼마나 감정이 복받쳤는지 늘어진 목주름이 가늘게 떨렸다.

정말이지 화면에는 이제껏 듣도 보도 못한 이야기가 펼쳐지고 있었다. 대리모의 이야기는 진즉에 주말연속극에서도 다뤄졌지만 직접적인 성관계로 정자를 제공하는 대리부의 이야기는 충격적이었다. 그것도 명품 정자는 수천만 원이나 하는 고가여서 돈도 벌고 성적 욕구를 푸는 신종 아르바이트로 일류 대학생들 사이에 큰 인기라는 것이었다.

"저렇게까지 임신해서 무얼 낳아 기르겠다는 거지?"

경환은 대리부의 프로가 끝나자 그렇게 말했다.

"절박한 간음과 음탕한 고통을 낳아 기르겠지요."

아내는 내쏘듯 말하고 서재를 나가 안방으로 들어갔다. 조금은 거칠게 문을 여닫는 것으로 보아 결혼한 지 6년이 넘도록 소식이 없는 아들 내외가 켕겼던 모양이다. 경환은 무연히 꽃비가 날리는 창밖을 내다보며 하루가 다르게 급변하는 세상을 곰곰 되짚었다.

인터넷을 검색해 보니 형 생일선물을 사주려고 대리부를 지원했다는 고등학생에서부터 결혼하고 자식까지 둔 사십대 초반까지 건강하고 영민한 고급 두뇌의 명품 정자들이 자기를 간택해 달라고 아우성이었다. 불임환자의 절박한 마음을 볼모로 새로운 형태의 남창이 출현하고 있었다.

남자는 더 많은 자식을 얻기 위해 바람을 피우고 여자는 더 나은 자식을 얻기 위해 바람을 피운다는 말이 있는데, 꼭 그 꼴이었다.

그럼에도 불구하고 대리부 남창까지 출현한 근본적인 문제의 핵심은 불임이었다.

경환이 지나온 칠십 년대까지 만해도 농촌의 아낙네들은 아궁이 앞에 가랑이를 벌리고 앉아 불을 때었다. 찬 데를 가려 앉아 아기집을 따듯하게 단속하고 삼시 세 때 뜨거운 불을 쬐어 냉한 기운을 몰아냈다. 그래서 그런지 다산으로 아이를 낳고도 부인병을 앓는 이가 드물었고, 사시사철 고샅마다 갓난아이 울음소리가 그치지 않았다.

그의 친구 중에는 쉰둥이가 있다. 쉰둥이는 나이가 쉰이 넘은 부모에게서 태어난 아이라는 말이다. 지금보다 생활환경이 뒤떨어졌지만 그때는 그만큼 아기집이 건강하고 정자 생산능력이 뛰어났다. 집집마다 일정한 터울을 두고 아이를 낳아 칠팔 남매를 둔 가정이 수두룩했다.

너무 많은 아이들이 태어나자 국가는 산아제한으로 피임을 장려하는 모자보건법을 실시하였다. 멀쩡한 남자의 정관과 여성의 난관을 잘라 묶는 수술이 때와 장소를 가리지 않고 다반사로 이뤄졌다.

취사 난방 연료가 부족하던 시절, 한겨울 아궁이에 생솔가지를 때다 보면 연기가 통하는 방고래가 막혀 불이 잘 들지 않고 방바닥은 얼음장 같았다. 그럴 때는 구들장을 뜯고 연도에 낀 송진 검댕을 걷어내야 굴뚝으로 통하는 연기가 길게 피어오르고 골고루 방이 따뜻하다. 그러므로 굴뚝과 아궁이는 부부간에 어떻게 해야 임신이 가능한가를 보여주는 상징적인 구조물인 셈이었다.

"며느리한테 귀띔해 줘. 임신하기 가장 좋은 체온은 37.2℃라고……"

그는 아내가 아들집에 갈 때마다 며느리한테 옷을 따뜻하게 입을 것을 전하지만 한 발 건너뛴 말이 잘 통했는지 의문이었다.

다시 인터넷을 검색해 보니 우리나라 불임부부는 열에 두 쌍 꼴이고 140만 쌍 정도가 추정된다고 한다. 높아진 결혼연령과 인공중절, 피임약의 장기복용 등이 원인이라지만 원인을 모르는 불임이 44.5%에 달하는 것을 보면 모르긴 해도 오염된 자연환경과 여성들의 옷차림이 그런 결과를 부르지 않았나 싶었다.

아름다운 몸매를 드러내고 싶어 하는 여자들의 마음을 탓할 수는 없지만 한겨울에도 하의실종이 거리를 활보하고 레깅스 스키니진이 패션의 아이콘으로 자리매김한 지금, 차갑게 노출된 체온저하로 인해 냉대하증은 물론이고 아기집의 기능 또한 미루어 짐작되고도 남았다.

TV 프로에 충격을 받았는지 안방에 들어간 아내는 오후가 되도록 꼼짝하지 않았다. 홀로 따분한 그는 도둑괭이처럼 점심을 챙겨 먹고 다운받아 저장해 놓은 동영상에 들어가 흘러간 옛 영화를 보았다. 영화가 한창 절정으로 치닫는데 주방과 거실을 오가는 아내의 기척이 들렸다.

"시장에나 따라가요."

서재 문을 열고 선 아내가 말했다. 팥죽깨나 끓였는지 얼굴색이 해쓱했다.

"그럴까."

그는 곧바로 영화 화면을 종료하고 아내를 따라 나섰다.

아파트 뒷문으로 좁다란 골목길을 십오 분쯤 걸어가면 난전에 벌인 조그만 재래시장이 있었다. 아내는 가끔가다 그곳에서 푸성귀며 봄나물을 사곤 했다.

"요즘에도 아들은 밤늦게 퇴근할까?"

그는 사뭇 아들내외의 불임이 마음에 걸려 퇴근시간을 빗대어 물었다.

"그러겠죠, 뭐. 무슨 놈의 회사가 사람을 그리 부려먹는지……"

아내는 아들 본 지가 언제인지 모르겠다고 구시렁거렸다. 찾아갈 때마다 늦게까지 기다려도 귀가하지 않았다는 것이었다.

"불임 치료라도 받아야 하는 거 아냐?"

"그러잖아도 삼 개월 전부터 난임 치료를 받고 있다 했어요."

"누구에게 무슨 문제가 있는 건 아니고?"

"그런 건 말하지 않았지만…… 아무튼 시험관 아기까지 생각하는 것 같더라고요."

"시험관 아기?"

경환은 시험관 아기라는 말이 너무 생소하고 뜻밖이라 되묻지 않을 수 없었다.

"그런데 비용이 만만찮은가 봐요."

아내는 시무룩한 얼굴로 앞만 보고 걸었다.

지금은 연애, 결혼, 출산을 포기하는 삼포세대라는데, 2018년 이후에는 인구절벽이 온다는데, 이놈의 사회는 어렵게 결혼한 부부마저 자연 임신을 못하도록 방해하고 있다는 생각이 들었다.

　정부는 비윤리적 정자거래를 금지하기 위한 법률 제정도 시급하지만 OECD국가 중 저출산율 1위라는 불명예를 씻으려면 기업 또한 정시 퇴근을 권장하는 실질적인 대책이 선행되어야 할 것이다.

　경환은 아내가 봄나물을 고르는 난전에서 젊은 아줌마의 속옷을 보았다. 눈에 훤히 띄어 아니 볼 수도 없었다. 나물 앞에 쭈그려 앉은 아줌마는 드러난 바지의 허리 밑으로 팬티가 보이는데도 개의치 않았다.

보배야, 거기도 꽃이 피었니?

해질녘 올림픽공원을 산책하다가 흐드러지게 핀 귀룽나무 꽃그늘 아래서 명성산 억새꽃을 보러 가던 지난 가을을 생각했다.

숨이 턱에 차는데 휴대폰이 울렸다. 나는 가파른 등산길에서 아내의 전화를 받았다. 전화기 저편으로 미처 말을 못하고 흐느끼는 울음소리가 들렸다. 문득 불길한 예감이 뇌리를 스쳤다.

"왜 그래? 무슨 일이야?"

나는 가쁜 숨을 몰아쉬며 다그쳤다.

"보, 보배가 죽었어. 보배가……"

아내는 보배가 죽었다는 말만 더듬대고는 줄곧 흐느꼈다. 어느 정도 가는 날을 잡은 죽음이었지만 놀란 가슴이 서늘했다.

"그만 울고 둘째를 불러. 둘째와 함께 동물병원에 가서 처리하는 절차를 상의해 봐."

나는 보배가 가장 따랐던 둘째 딸을 불러 함께 장례를 치러 주라 이르고 전화를 끊었다. 횟수로 15년, 한 가족처럼 살다가 먼저 떠난 보배의 지난날이 빠르게 되감기는 영상처럼 스쳐갔다.

보배가 우리 집에 들어온 날은 눈이 많이 내린 겨울밤이었다. 나는 종업원도 퇴근해 버린 약국을 혼자 지키고 있는데 웬 낯설지 않는 아줌마가 가슴에 품고 온 강아지를 판매대 위에 올려놓고는 키우지 않겠느냐고 물었다. 나는 난색을 표했다.

한때 처가에서 보내온 진돗개를 옥상의 번견으로 키우기도 했지만 얼마 가지 못해 포기하고 말았다. 무엇보다 똥오줌을 못 가리는 그들의 습성이 깔끔한 공간을 바라는 우리 부부의 인내심을 넘어섰기 때문이다.

한창 바쁘게 매장과 조제실을 오가는 사이 아줌마는 보이지 않고 조금 전의 강아지가 대기실 의자에 웅크리고 있었다. 가까이 다가갔더니 가늘게 몸을 떨면서 꼬리를 흔들었다. 젖배를 곯았는지 영양실조에 걸린 듯한 눈빛이 측은해 보였다.

아줌마는 셔터를 내릴 때까지 나타나지 않았다. 그 다음날도 감감무소식이었다. 아이들은 좋아라고 환호성을 질렀지만 나는 아내에게 대책 없는 지청구를 들었다. 아무 데나 쉬를 보는 그 습성 때문이었다.

날마다 약국에 데리고 나가 분양자를 물색했지만 아무도 거들떠

보지 않았다. 그냥 그대로 내다버릴 수도 없는 목숨, 우리는 일단 골판지박스 안에 넣어 길렀다. 그러는 사이 강아지는 아이들의 기쁨조가 되어 보배라는 이름으로 불려졌다. 그러던 어느 날이었다.

"아빠! 보배가 화장실에 들어가 쉬했어."

둘째 아이가 약국에 내려와 환호성을 지르며 말했다. 그것도 정확하게 수챗구멍을 정조준하고 눴다는 것이었다. 둘째는 여간 의기양양한 모습이 아니었다.

함께 올라가 봤더니 골판지박스를 벗어난 강아지가 살랑살랑 꼬리를 흔들며 다가왔다. 둘째가 화장실에 갈 때마다 보듬고 들어가 수챗구멍을 가리키며 여기에 쉬하라고 가르쳤더니 그대로 따라했다는 것이었다. 나는 한동안 반신반의했지만 보배는 어김없이 소변을 가렸다. 그 어린 것이 화장실 문턱을 힘겹게 기어올라 큰것까지 누곤 했다.

약국을 정리하고 아파트로 거처를 옮긴 뒤에도 보배는 이내 화장실 위치를 숙지하고 대소변을 가렸다. 때론 순서를 기다릴 줄도 알고 가족들이 보는 앞에서는 그 추한 꼴을 보이지 않으려고 빤한 눈치까지 살폈다. 그리고 가족들 간에 조금이라도 큰소리가 나면 그 사이에 끼어들어 제발 좀 진정하라고 으름장을 놓았다.

새로 지은 아파트로 입주하는 그 어수선한 틈을 타고 꽤나 잦은 도둑이 들었지만 우리 집은 무사했다. 낯선 사람한테는 어찌나 사납고 표독스러운지 붙잡는 팔이 다 힘겹고 귀가 먹먹할 정도였다.

"세상에 이런 보배가 어디서 왔을꼬?"

아내는 가끔 보배를 안아 올리며 그렇게 말했다. 보배에게 빠져든 아내의 사랑은 가족 모두가 시샘할 정도로 지극정성이었다. 미용에서 건강검진까지 허투루 지나치는 것이 없었다.

그러나 보배는 우리 가족만의 사랑에 너무 깊이 빠진 탓인지 그에 따른 치명적인 약점도 지녔었다.

언젠가 사흘치의 사료와 물을 떠놓고 가족 모두 아파트를 비운 적이 있었는데, 돌아와 보니 보배는 한 톨의 사료도 먹지 않았고 물 한 모금 마신 흔적도 없었다. 나는 곧바로 동물병원에 전화를 걸었다.

"왜 이런 단식을 하는 거죠?"

"아마 홀로 남겨진 외로움 때문이었을 겁니다."

수의사는 이제 가족들이 돌아왔으니 조금 있으면 사료를 먹을 거라고 말했다. 아니나 다를까. 보배는 전화를 끊자마자 허겁지겁 사료를 먹고 물을 마셨다.

스피치와 포메라니안의 잡종인 보배는 10년이 넘어 노쇠해지자 크나큰 수술을 세 번이나 받았다. 축농증으로 자궁을 적출했고, 엉덩이에 난 종기가 화농해 허벅지까지 절개하는 수술을 받았다. 그리고 각막궤양으로 두 눈을 수술하고 치료하는 동안 한 달이 넘게 깔때기를 쓰고 살았다. 그럼에도 보배의 충직한 사랑과 맹종은 늘 한결 같았다. 그토록 고통스런 수술을 받고 돌아온 날에도 누구라도 현관문을 열고 들어서면 부리나케 달려 나가 꼬리를 흔들었다. 자기 몸 아픈 것은 아랑곳하지 않고 반갑고 기쁜 감정을 주체하지 못해 안달이었다.

등산을 마친 나는 하산주의 유혹을 뿌리치고 곧장 귀가를 서둘렀다. 얼마나 울었는지 아내의 눈은 퉁퉁 부어 있었다.

"잘 보내 주었어?"

"자주 나가 놀던 곳에 뿌려 주었어요."

아내는 눈가를 적시며 말했다. 화장한 유골을 가져와 함께 나가 놀곤 하던 귀룽나무 밑에 뿌려 주었다는 것이었다.

"아주 좋은 곳으로 갔을 거야."

나는 핍진한 마음으로 아내를 위로했다.

"어쩌면……"

아내는 또다시 뒷말을 잇지 못하고 눈시울을 붉혔다.

세상이 각박해질수록 사람들은 화초 같은 것에 정성을 쏟고 반려동물과 정을 나눈다. 돌본 만큼 기쁨을 주고 인간을 배반하지 않기 때문이다. 상처를 주지 않기 때문이다.

나는 영화 '레옹'을 보면서 피도 눈물도 없는 살인청부업자가 아글라오네마라는 화초를 정성껏 돌보는 것을 보고 인간의 또 다른 이면을 보았다. 그것은 가꾸고 돌보면서 마음으로 소통하는, 모든 생명 있는 것들에 대한 사랑이었다.

보배가 떠난 지 여섯 달이 지났다. 귀룽나무 꽃이 흐드러진 요즈음, 나는 가끔 그곳에 산책 나가 벤치에 앉는다. 그리고 묻는다. 보배야, 거기도 꽃이 피었니?

나는 네가 아니다

"네가 정말 나였을까?"

그는 군살 하나 없는 늘씬한 몸매에게 물었다.

"아무렴, 너였고말고."

오랜 세월 책갈피 속에 갇혀 있던 사내가 바짝 마른 목소리로 말했다.

"나였음에도 불구하고 언젠가 본 듯한 얼굴이 하도 낯설어서……"

그는 솔직하게 말했다. 언제 저런 때가 있었나 싶었다.

"낯설긴 나도 마찬가지야. 그동안 너는 나를 책갈피에 가둬놓고 남산만한 배불뚝이가 되었구나."

"미안해. 너무 오래 챙기지 못해서……"

그는 진심으로 사과했다. 묵은 책을 정리하다 대충 넘겨보는 책 갈피 속에서 불거져 나온 사내는 허여멀건 얼굴에 호리호리한 체격이었다.

그때 그의 몸무게는 75kg이었다. 허리가 휠 만큼 보대낄 때도, 늘어지게 먹고 자고 게으름을 피워도 늘 그 몸무게였다. 젊은 날의 몸무게치고 좀 그렇다 여길지 몰라도 학창시절 그는 언제나 맨 뒤에 줄을 섰다.

그런 그가 세월의 더께 같은 나잇살이 찌고 뱃살이 엉긴 것은 직장을 그만두고 작은 책방을 차린 뒤부터였다. 늦게까지 좁은 공간에 앉아 지내는 시간이 많다 보니 꼼짝없이 운동량이 줄고 때를 놓친 허기로 과식하기 일쑤였다. 가끔가다 밤늦게 마시는 술자리도 그의 과체중을 거들었다.

그때의 그는 젊은 혈기의 체질 탓인지 술기운이 위벽을 타고 흐르면 안주는 부르는 대로 걸신 들고 시키는 대로 반 설거지 했다. 취기가 얼근해질수록 걷잡을 수 없는 식욕이 동했다.

제발 그만 좀 쪄라. 너 죽고 나 죽기 전에. 그는 몸무게가 불어날 때마다 불편부당하지 못한 죄의식에 사로잡혀 애먼 뱃살을 겁박했다. 날이 갈수록 불어나는 뱃살이 저도 모르게 저지르는 죄악의 표본처럼 느껴져서 틈만 나면 뱃살을 쥐어짜고 꼬집었다. '내가 뭘 어쨌다고 이러는 게야.' 그럴 때마다 뱃살은 악에 받친 비명을 내지르며 이제 그만 먹을 탐을 줄이라고 하소연했다.

그는 불혹을 넘기고 8kg의 인격이 쌓였다. 그러나 그때까지만 해도 뱃살이 중력의 법칙을 무시하고 크게 기울지 않았다. 오히려 중후한 멋을 풍겼다. 그런데 웬걸 두껍게 주름 잡힌 뱃살이 선풍기처럼 부풀어 오르자 보기에도 역정이 나고 거동 또한 불편했다.

　그는 짬이 날 때마다 집 근처 학교 운동장을 걸었다. 그리고 틈틈이 맨손체조도 하고 복근운동도 하였지만 장년의 나잇살에 들러붙은 뱃살은 좀처럼 빠지지 않았다. 그나마 안 하던 걸음걸이로 몸이 좀 가벼워졌을 뿐 비만한 뱃살의 굴욕은 어찌해 볼 도리가 없었다.

　매사 피곤하고 의욕이 떨어졌다. 가끔가다 불룩한 뱃살에 사로잡힌 타인의 시선이 못 견디게 언짢고 짜증스러웠다. 하찮은 것에도 화가 나고 대상 없는 적의가 치밀었다. 그럴 때마다 그는 뱃살을 꼬집었다. 시퍼렇게 멍이 들도록 죽어라 쥐어뜯었다.

　틈만 나면 저지르는 뱃살에 대한 가학증은 본말이 전도된 행위였지만 더 이상 불어나면 안 된다는 스스로에 대한 자책성 경고였다. 더는 두고 볼 수가 없었다. 그는 가게를 정리한 틈을 타고 뱃살과의 전쟁을 선포했다.

　그는 하루 두 끼로 식사량을 줄였다. 그리고 입에 달고 살던 콜라와 봉지커피도 모두 끊었다. 깊고 깊은 허기가 뿌연 황사바람처럼 몰려왔지만 108배와 명상으로 극복하고 오후에는 한강변에 나가 꽤나 먼 길을 걸었다.

　하지만 다이어트도 108배도 언감생심, 오랜만에 누리는 유유자적을 핑계로 일말의 식탐에 구멍이 뚫리자 선전포고도 흐지부지

되고 어쩌다 소식이 닿는 친구들과 어울려 술자리만 늘었다. 그는 다시 뱃살을 쥐어짜고 꼬집었다.

넌 이렇게 당해도 싸. 그는 술기운이 거나할 때마다 불룩하게 내민 뱃살을 으깨져라 비틀고 꼬집었다. 내가 뭘 어쨌다고 이러는 게야. 그럴 때마다 뱃살은 벌겋게 달아올라 부르르 몸을 떨었다.

그는 거의 매일 동네 목욕탕에 들어가 뱃살을 핍박했다. 오랜 시간 사우나에 들어앉아 뜨거운 열기를 견뎌내며 고문에 가까운 가학으로 뱃살을 괴롭혔다. 그러던 어느 날이었다. 열탕과 냉탕을 오가며 어제의 숙취를 털어내는데 갑자기 피부가 가려웠다. 그는 벌겋게 달군 몸을 문지르다가 열 손톱을 다 세웠다. 마구 긁지 않고는 견딜 수 없는 가려움증이었다.

"콜린성 두드러깁니다."

의사는 생소한 병명으로 진단했다. 아직 원인이 불분명한 질환으로 특별한 치료방법은 없고 체질개선에 따라 수개월 내지 수년 사이에 자연치유가 가능하다고 말했다. 모르긴 해도 비만이 불러들인 대사증후군 같았다. 이대로 가다간 더 큰 병을 불러들일지 모른다는 두려움이 앞섰다.

그는 벼랑 끝에 선 마음으로 헬스클럽에 등록하고 열심히 운동했다. 트레이너는 꾸준하게 빨리 걷고 근육량을 키운다면 머지않아 뱃살의 굴욕에서 벗어날 수 있다고 말했다. 그는 트레이너가 짜준 일정표에 따라 걷고 뛰고 달렸다. 늘씬했던 본토회복을 꿈꾸며 와신상담했다. 두 시간 이상 비지땀을 흘리며 근육을 단련시켰다.

6개월 운동으로 7kg이 빠졌다. 바지가 헐렁해졌다. 그는 성마르게 모든 바지의 허리둘레를 줄여 입었다. 그러나 더 이상 줄지 않았다.

"술과 음식을 줄여야 합니다."

트레이너는 이제 감량을 기대하는 만큼 먹고 마시는 음식량을 조절하지 않으면 안 된다고 못을 박았다. 하지만 말이 절식이지, 적게 먹는 것은 아예 안 먹는 것보다 더 힘들었다. 트레이너는 차선책으로 저녁 6시 이후는 금식하라 했지만 그것 또한 쉬운 일이 아니었다. 그는 평상시처럼 먹고 예전의 몸무게로 돌아가는 방법이 없느냐고 물었다.

"배고프지 않는데 뭔가를 자꾸 먹는 것은 일종의 질병입니다."

트레이너는 단도직입적으로 탐식의 의미를 정의했다. 세계의 절반이 굶주리는 이 지구에서 복부가 팽만하도록 꾸역꾸역 음식을 먹고 억지로 살을 빼는 것 자체가 인류의 불평등한 모순이라고 덧붙였다.

"많이 먹는 것도 죄가 되는 세상이네."

"그래서 중세의 수도사들은 사탄이 인간을 타락시키는 여덟 가지 악덕 중에 탐식을 첫 번째로 꼽았답니다."

트레이너는 그렇게 말하고 저녁 6시 이후에는 반드시 금식하라 일렀다.

그러나 그게 그리 쉬웠다면 과체중에 똥배가 나오지도 않았을 것이다. 그는 또다시 죽이 맞는 친구들과 어울려 안주를 마구 먹고 술을 마셨다. 어느 땐 3연타석 숙취로 운동까지 게을러져서 두 달도 되지 않아 요요현상이 일어났다. 그는 다시 바지의 허리둘레를 늘려 입었다.

그러던 어느 날 아침, 작취미성으로 목욕탕에 들어간 그는 퍼렇게 멍이 든 뱃살을 꼬나보았다. 끔찍했다. 보다 못한 그는 악랄한 사채업자처럼 공갈 협박을 늘어놓았다.

"나는 이제 너에게 신체포기각서를 쓰게 하고 혹독한 고리사채로 달달 들볶을 것이다. 비좁은 지하 독방에 가두고 초근목피 밥상으로 먹고 마시는 거드름을 몰수할 것이다. 위반하면 기필코 차압 딱지를 붙일 것이다. 그래도 버티면 야구방망이형에 처하거나 가혹한 린치를 가할 것이다. 그러기 전에 뱃살이여, 제발 물렀거라!"

그는 뱃살을 쥐어뜯으며 찌뿌둥한 숙취의 두중감을 그렇게 씹어 뱉었다. 그때였다. 듣다 못한 거울 속의 사내가 한심하다는 표정으로 쏘아붙였다.

"고만 해라. 나는 네가 아니다."

날개의 흔적

찬 이슬이 내린 둘레길을 걷고 있는데 휴대폰이 울렸다. 끝내 생을 마감한 고향 친구의 부음이었다. 불원간 가는 날이 예정된 죽음이었지만 전하는 초등학교 동창의 목소리는 왠지 모르게 눅눅하고 서늘했다. 중식은 오전 내내 손에 잡히지 않는 선약으로 서성대다가 뒤늦게 차를 몰고 고속도로를 달렸다. 아무리 가는 길이 멀다 해도 떠나가는 친구와 마지막 작별 인사를 나누고 싶었다.

휴게소에서 늦은 점심을 요기하고 고속도로 진입로로 막 들어섰을 때였다. 중식은 바로 눈앞에서 삼중추돌 사고를 목격했다. 아찔했다. 그는 백미러로 급브레이크를 밟는 뒤차의 정차를 확인하고 차에서 내렸다.

바로 앞차의 운전자는 이마에 피를 흘리며 신음했고 갓길로 팅

겨나간 가운데 차량의 소나타는 얼마나 용을 썼는지 핸들이 엿가락처럼 휘어져 있었다. 방호벽에 부딪친 맨 앞차의 운전자는 동승자와 함께 뒤집힌 차 안에서 인사불성이었다. 중식은 부랴부랴 휴대폰을 꺼내 119에 신고했다.

아수라장이 수습되는 고속도로 위로는 앞만 보고 질주하는 과속을 비웃기라도 하듯 낮게 선회하는 고추잠자리 떼가 한가로이 떠돌았다. 그럼에도 불구하고 심한 교통 체증에 질린 그는 할 수만 있다면 자동차에 헬리콥터 날개를 달고 그 꽉 막힌 공간을 날아 넘고 싶었다.

마침내 사고현장이 수습되고 꼼짝없이 줄지어선 차량들이 앞다퉈 질주했다. 그도 급히 속도를 높였다. 그때였다. 유유히 날던 고추잠자리 떼가 겁도 없이 달려들고 후드득, 범퍼와 보닛에 부딪치는 굵은 빗방울소리가 들렸다. 그는 추월선을 벗어나 속도를 늦췄다. 아니 엿가락처럼 휘어진 소나타의 운전대가 어른거려 안정된 주행속도를 유지했다. 이미 떠나간 친구를 한시바삐 만나야 할 이유는 없었다.

아쉽게 생을 마감한 친구는 좋은 집안의 환경에서 자랐다. 그래서 그런지 다감하고 호방했다. 그만큼 술도 좋아했다. 사업수단도 남달라서 손대는 것마다 돈을 벌었고 꿈도 커서 한때는 날개를 달고 훨훨 나는 듯이 보였다. 그는 그런 친구의 풍운아적 기질을 여러 사람에게 자랑삼았다.

그러나 인간의 가장 큰 약점은 다가올 내일의 안위를 모른다는 것이다. 너는 내일 일을 자랑하지 말라는 구약성서의 잠언처럼 하루 동안에 무슨 일이 일어날는지 알 수 없다는 것이다. 백 년 계획은 세울 수 있어도 바로 내일 닥칠 길흉화복을 예지할 수 없다는 것이다. 친구는 뜻밖에 췌장암 판정을 받고 서울로 올라왔다.

"내려가면 양파즙 캔과 양파 건조엑기스를 만들어 볼 생각이야."

중식이 A종합병원에 입원해 있는 친구를 문병 갔을 때는 이미 명부에 오른 병이 가는 날을 잡고 있었지만 친구는 새로운 사업 구상에 몰두해 있었다.

"또 한 번 대박이 터지겠네."

그는 에둘러 맞장구를 쳐주었다.

"사업이란 타이밍이 중요한 것인데……"

친구는 누워 있던 침대에서 내려와 가볍게 두 팔을 내둘렀다. 그리고 뒷짐을 진 걸음걸이로 좁은 병실을 서성거렸다.

"이제 그만 좀 누워."

그는 친구의 헐거운 발걸음이 불안해서 얼른 두 팔을 껴안고 침대에 눕혔다. 결국 그 말이 친구와 나눈 마지막 대화가 되고 말았다.

장례식장은 생각보다 썰렁했다. 살아생전 친구와 어울렸던 많은 사람들을 생각하면 쓸쓸하기 그지없는 영결식이었다. 죽은 정승집 개를 들먹일 나위도 없이 야박한 세상의 인심이 엿보였다.

중식은 늦게까지 친구 곁을 지키다가 고향집에 계신 어머니를 찾아뵈었다. 형님이 모시는 어머니는 구순에 가까운 나이에도 정정하셨다. 허리가 굽고 귀가 좀 멀 뿐 아직도 근동의 소식을 죄 꿰고 있었다.

"태영이가 죽었다고?"

"예, 거기에 있다가 오는 길입니다."

"죽음은 어찌 그리 순서가 없을 끄나?"

어머니는 친구의 죽음을 진정으로 애달아하셨다. 그러면서 은연중 오래 사는 것에 대한 눈치를 내비쳤다.

"노망이나 들지 않고 가는 길이 편해야 헐 것인디……"

어머니는 찾아뵐 때마다 유독 치매 걱정이 앞섰다. 자식들에게 그런 짐은 지우고 싶지 않다는 거였다.

"걱정하지 말아요. 어머닌 지금 저보다 기억력이 더 좋아요."

그는 어머니의 귓가에 대고 말했다. 그럼에도 어머니는 알 수 없는 입속말로 주섬주섬 고개를 흔들었다. 그는 하룻밤 어머니 곁에 누워 지나간 동네 이야기를 듣고 서울로 올라왔다.

한동안 일상이 하는 일 없이 바빴지만 마음은 왠지 모르게 꾸물거렸다. 깊어가는 가을 탓인지 떠나간 친구가 생각날 때마다 덩그렇게 빈 가슴이 허전하고 쓸쓸했다.

중식은 모처럼 차를 몰고 셀프세차장에 들렀다. 셀프세차는 자동세차나 손세차로는 맛볼 수 없는 남다른 즐거움이 있었다. 마음이 심란할 때 차체의 구석구석을 씻기고 닦다 보면 막막하고 헛된 마음까지 개운하고 뿌듯했다.

중성세제를 풀어 닦고 닦아도 잘 지워지지 않는 흔적이 있었다.

범퍼와 보닛에 두드러진 여러 자국은 짓이긴 밥풀처럼 단단하게 말라붙어 있었다. 그는 그것들을 문질러 지우다가 문득 고속도로 사고현장에서 목격했던, 엿가락처럼 휘어진 소나타의 핸들을 떠올렸다.

그것들은 순간에서 영원으로 사라진 빗방울소리였다. 낮게 날던 고추잠자리 떼가 달리는 자동차에 부딪쳐 박살이 난 자국이었다. 너무나 가벼운 날개의 흔적은 형체도 없이 도도록이 말라붙어 있었다.

중식은 말끔하게 세차한 차를 몰고 큰길로 들어섰다. 그리고 신호대기 중에 두 손에 힘을 모아 핸들을 붙잡고 있는 힘껏 내리눌러 보았다. 꿈쩍도 하지 않았다. 얼마만한 힘에 의해 핸들이 휘어질까 궁금했던 그는 그때야 비로소 급박한 악력의 위기가 느껴졌다.

꼬부랑 할머니가 자동차바퀴에 깔리는 손자를 구하려고 한손으로 트럭을 들어 올렸다거나 병원에 불이 나자 반신불수의 환자가 발가벗고 뛰어나왔다는 이야기가 전혀 낭설 같지 않았다.

빵 하고 경적이 울렸다. 신호가 바뀌었는데 뭐하고 있느냐는 재촉이었다. 그럼에도 그는 얼른 나아가지 못했다. 불과 몇 초에 지나지 않았지만 곧바로 성질 급한 차량이 그의 옆구리를 비집고 끼어들었다.

불면이 부르는 소리

어느 해 봄 만교는 서울을 떠나 허허들판에 지어진 아파트에 기거하면서 꽤나 많은 밤을 불면에 시달렸다. 그런 밤이면 어둡고 텅 빈 방에 홀로 앉아 면벽참선하는 도승처럼 무위한 시간과 맞닥뜨렸다.

불면증의 시작은 옆방에 기거하는 자재 과장의 오줌 소리 때문이었다. 그는 누구보다 일찍 잠자리에 들었지만 한밤에는 어김없이 잠을 깨고 일어나 쫄쫄거리는 오줌을 누곤 했다. 뚝뚝 끊기는 오줌 소리로 잠을 설친 만교는 점차 밤이 오는 게 두려웠다. 견디다 못한 그는 자재 과장에게 오줌 소리로 인한 괴로움을 호소했다.

"죄송합니다. 저도 소변 때문에 잠을 깨고 싶지 않지만……"

전립선비대증을 앓고 있다는 자재 과장은 다음부터는 방안에서

간이 소변기를 사용하겠다고 말했다.

하지만 밤잠을 설친 원인이 해결됐는데도 습관적으로 오는 불면증은 갈수록 심해졌다. 그럼에도 만교는 전전반측하지 않았다. 어스름이 밀려오는 초저녁부터 어둠이 묽어지는 새벽녘까지 뜬눈으로 깊어지는 밤을 지켜볼 뿐 등을 붙이고 누워 이리저리 뒤척이는 잠은 청하지 않았다. 정말이지 그것은 사람을 미치게 하는 것이었다.

"가는 잠을 쫓지 말고 오는 잠도 맞지 마세요. 그냥 그대로 곯아떨어질 때까지 기다리세요."

의사는 만교의 호소를 선문답처럼 받아넘겼다. 잠을 자려고 애를 쓰면 쓸수록 잠은 더 멀리 달아나고 오는 잠도 성급하게 맞다 보면 지레 놀라 도망치고 만다는 것이었다.

"기다려도 잠이 오지 않아 찾아왔는데요."

만교는 퉁명스럽게 되받았다. 아무리 기다려도 잠이 오지 않아 미치겠다는 환자를 두고 이르는 의사의 말이 너무 한가롭게 들렸기 때문이다.

"불면증은 마음이 아프니 돌봐달라는 신호지만, 너무 걱정하지 마세요. 이런 불면증은 오래가지 않습니다."

의사는 대수롭지 않게 말하고 사흘 분의 약을 처방해 주었다. 그러나 약을 먹고 약기운에 취해 눈을 감으면 가수면 상태에 든 것처럼 어디선가 웅성대는 여러 소리들이 뒤죽박죽 엇섞여 들려왔다.

그것은 형체도, 개념도 어떤 메시지도 없었지만 멀리 떠나가서

소실점이 되어 버린, 그립고 아련한 그 무엇이었다. 그러던 어느 날 밤, 만교는 무논에서 짝을 찾는 개구리 울음소리를 들었다. 참으로 오랜만에 청승맞은 그 소리를 듣고 있자니 세상에는 진공의 정적이 존재하지 않기 때문에 완벽한 고독도 없다는, 어느 영화의 한 장면이 스쳐가고 방죽의 물을 퍼서 논물을 대는 두레질소리와 무논을 고르는 써레질 소리가 들려왔다. 꿈에서도 생각지 못한 소리들이었다.

"이런 것들이 나의 잠을 방해하고 있었구나."

만교는 저도 모르게 무의식 저편에 웅크린 소리의 퇴적층을 헤집었다.

"우리의 것은 소중한 것이여."

한 겹 퇴적층을 뒤적이자 엉뚱하게도 한때 유행하던 말이 들려왔다. 그것은 하루가 다르게 급변하는 세상에서 층층이 묻힌 소리들을 한 번쯤 불러내어 귀 기울여 보라는 것이었다.

"그리하면 깊은 잠을 불러올 수 있을까?"

"눈을 감아 봐. 흘러가서 무의식 저편에 묻힌 소리들은 눈을 감고 마음의 눈을 떠야 들리는 거야."

만교는 그것이 시키는 대로 눈을 감았다. 지그시 눈을 감고 또 다른 퇴적층을 들춰내자 추운 겨울밤이 떠오르고, 긴 여운을 끌고 멀어지던 찹쌀떡장수와 메밀묵장수의 목소리가 들려왔다. 중고대학을 하숙으로 일관했던 그는 한밤에는 늘 배가 고팠고 그 소리의 여운을 쫓아 뛰쳐나간 적이 한두 번이 아니었다. 만교는 별안간

심한 허기를 느꼈다.

"내가 저녁을 먹었던가?" 현장에서 퇴근하고 아파트로 돌아와 저녁을 먹었는지 말았는지, 곰곰 되짚어도 긴가민가했다.

만교는 주방으로 나아가 라면을 끓였다. 배가 고파도 잠이 오지 않았던 학창시절의 기억이 떠올랐기 때문이다. 그는 흥건하게 남은 라면국물에 식은 밥까지 말아 먹고 불면의 벽을 기대고 앉았다. 나른한 포만감이 밀려들었지만 귀청을 울리는 개구리울음소리는 더 크게 들렸다.

"피할 수 없으면 더 깊이 들어가 보는 거야."

무의식 저편에서 엇섞여 들려오던 소리들이 개구리울음 속으로 한 걸음 더 들어가 보라고 말했다. 만교는 그것이 시키는 대로 눈을 감고 번다한 소리의 퇴적층을 들추고 들어갔다.

개구리울음소리가 멀어지자 이내 대청마루를 울리는 어머니의 다듬이소리와 베틀 치는 소리가 들렸다. 코흘리개 아이들을 불러모으던 엿장수의 가위질소리가 쩔거덕거리고 삘기를 뽑아 먹던 바닷가 모래 둔덕과 그곳에 붉게 피던 해당화도 눈에 선했다. 찬바람 냄새를 풍기며 귀가하던 아버지의 헛기침소리도 바로 문밖인 듯 선연하게 들려왔다.

책보자기를 어깨에 둘러메고 보리밭 이랑을 달리던 까까머리 소년은 지금 어디쯤 가고 있는지, 그립고 간절한 그 시절 그 풍경 속으로 필통 속의 연필이 구르는 소리, 양은 도시락에 든 젓가락 부딪는 소리가 귓가에 아련했다.

만교는 가수면의 꿈을 꾸듯 몸을 일으켜 베란다의 창문을 열고 어둠에 잠긴 들판을 바라보았다. 아무 것도 보이지 않았지만 한 줄기 소나기가 몰려가는 들녘, 꼴 뜯기는 아이들의 종종걸음이 눈에 밟혔다.

먼 우레가 치고 비가 내리면 텃논에서 들려오던 뜸북새 울음소리, 음매음매 어미 소를 찾는 송아지 울음소리, 보리밭 위를 아스라이 날아올라 지저귀는 종달새 소리, 겨울밤을 날아가는 기러기 소리, 왠지 모르게 서럽던 소쩍새 울음소리, 훠이훠이 참새 떼를 쫓는 할아버지의 목소리가 들려왔다.

"내 곁에 머물다 간 소리들이 이렇게나 많았구나!"

만교는 눈을 감고 꿈속을 거닐 듯이 중얼거렸다.

"그것뿐만이 아니야. 이 세상을 떠나간 저 하늘의 별들도 모두 제각각의 목소리로 노래를 불렀다는 거야."

퇴적층에 묻힌 소리들이 그동안 잊고 살았던 유년의 기억 속으로 몇 걸음 더 들어가 보라고 말했다. 그는 그것이 시키는 대로 농촌에서 보낸 유년시절 풍경 속으로 들어갔다. 그러자 그때 그 소리들이 밤하늘에 뜬 무수한 별빛처럼 반짝거렸다.

쇠죽을 끓이는 외양간의 워낭소리, 새벽을 알리는 닭 울음소리, 매캐한 연기로 눈이 맵던 생솔가지 타는 소리, 무쇠솥 밥물 끓는 소리, 금줄 친 사립문 밖으로 들려오던 갓난애의 울음소리, 동구 밖을 넘어가던 상두꾼들의 만가소리, 샘가의 아낙네들이 물동이에 물 긷는 소리, 낙엽을 긁어모으던 갈퀴질소리, 도리깨로 타작하던 마당질소리, 와랑 와랑 돌아가는 탈곡기 소리……

만교는 그칠 새 없는 개구리 울음소리에 질려 베란다의 창문을 닫고 돌아섰다. 사라지면 모두 다 그리운 것인가. 그는 온갖 소리의 퇴적층을 허물고 단단한 불면의 벽 속에 들어앉았다.

그때였다. 오만가지 소리가 들려오던 가수면 상태의 얕은 잠이 혼곤한 빛살로 쏟아졌다. 거슴츠레 뜬 눈이 부셨다. 그는 가렵고 깔깔한 눈꺼풀을 비벼대다가 저도 모르게 고개를 꾸벅거렸다.

쓰다 만 편지

새벽잠을 깨고 일어나니 악착같은 매미 울음소리가 들렸습니다. 긴 세월 어둔 땅속에서 애벌레로 살아온 인고의 설움 때문일까요. 고요한 새벽, 매미 울음소리는 사뭇 도발적입니다.

요즘 매미가 밤에도 우는 까닭은 대낮처럼 환한 가로등 불빛 때문이라고 하지만 그들의 번식생태를 보면 그럴 수도 있겠다 싶어 측은한 생각도 듭니다. 육칠 년 동안 애벌레로 지내온 어둔 땅을 뚫고 올라와 우화하고 짝을 찾아 울다가 교미가 끝나면 곧바로 죽어야 하는 종족본능의 숙명이 저렇듯 깊은 새벽까지 그악스런 울음을 터트리게 했는지 모릅니다.

저는 어제 친구를 문병하러 갔다가 돌아오는 길에 우연히 헌책방에 들러 책 한 권을 샀습니다. 어느 누군가가 '소중한 당신에게'

드리는 책이었습니다. 서명 날짜가 뚜렷한 그 책을 보니 왠지 모르게 간직하고 싶은 충동이 일었습니다. 저는 책을 사 들고 집으로 돌아와 눈에 익은 글을 뒤적이다가 책갈피를 무릎 위에 엎어놓고 오랫동안 창밖을 내다보았습니다.

길게 차량이 밀리는 강변도로에는 초가을 햇볕이 따갑게 내리쬐고 18층 아파트 방충망에는 매미 한 마리 날아와 붙어 있었습니다. 울지도 못하는 벙어리 매미였습니다. 녀석은 나와 눈이 딱 마주치자 어디론가 날아가 버렸습니다. 저는 매미가 사라진 자리를 눈도 깜짝 않고 바라보았습니다. 방금 전까지 까만 형상으로 실재했던 잔상이 그만큼 허전했기 때문입니다.

소중한 당신은 어찌하여 그 마음을 헌책방에 넘겼을까요? 언뜻 언뜻 스치는 생각은 오만 가지 사연으로 굴러갔지만 걸리지 않았습니다. 그저 연민 가득한 마음만 아침 햇살에 산란하는 새벽안개처럼 부유했습니다.

내 곁을 떠나간 것들은 수없이 변하고, 끊임없이 변하여 그대로 머물지 않는 세상은 상처가 아닌 것이 없습니다. 하늘이 너무 파래서 아무도 없는 강가에 나가 울고 싶던 젊은 날이 엊그제 같은데, 이제는 깊은 슬픔이 복받쳐도 터지지 않습니다. 눈물 한 방울 고이지 않습니다.

몇 십 년 전의 일이지만 저는 아버지의 부음을 듣고도 슬픈 감정이 일지 않아 몹시 괴로웠습니다. 슬픔을 타고 흐르는 눈물샘이 막혔는지 목울대까지 설움이 복받치는데도 터져 나오지 않았습니다.

정말입니다. 억지로 우는 것이 그렇게 힘든 일인 줄 몰랐습니다.

울어라, 매미야. 더 크게 울어라. 복장이 터지도록 울어라. 저는 내심 곡비 같은 매미의 울음소리를 부추기다가 후덥지근한 방 안 공기를 환기하려고 베란다의 창문을 열었습니다. 서늘한 바람이 훅 하고 얼굴에 끼쳤습니다. 어느덧 지겨운 늦더위가 그 꼬리를 사리고 있었습니다.

저는 어제 문병 간 친구와 나눈 대화를 떠올리다가 "아, 그랬었구나." 자각하는 새로운 인과를 도출합니다. 이쪽저쪽으로 얽히고설킨 대인관계는 미세한 감정의 틈새가 엿보일 때마다 조금씩 어긋납니다. 그것은 단지 미루어 짐작하는 유추에 불과한데도 저도 모를 마음이 경계의 날을 세웁니다.

사람의 마음이 이렇습니다. 흐르는 세월에 속지 않고 살아온 날이 있던가요. 우리는 무엇을 얻기 위해 무엇을 잃는지, 무엇을 찾아 헤매는지 모르겠다는 상념에 빠져듭니다. 저는 그것이 무엇인지 두 손이 허전해도 되도록 얽매이려 하지 않습니다. 찾는다고 잃어버린 것들을 다시 거머쥘 것 같지도 않기 때문입니다.

그럼에도 저는 자각하지 못합니다. 저 또한 세속에 물든 속물 중의 속물인지라 손톱 밑에 든 비접은 알지만 내 안에 무엇이 들어와 흔들리고 있는지 모릅니다. 그러나 앓곤 합니다. 검푸른 바다 무인등대에 기대어 수많은 눌변을 쏟고 돌아온 날은 뚜렷하게 아픈 데도 없이 시난고난합니다.

잠이 달아난 새벽마다 버릇처럼 컴퓨터를 켜고 뜨거운 커피를 마시는 동안 창밖은 이내 먼동이 틉니다. 저는 가끔 베란다로 나아가 먼동이 트는 앞산을 바라봅니다. 멀리 검은색도 아니고 진회색도 아닌 산의 윤곽이, 점차 갈맷빛도 아니고 쪽빛도 아닌 산의 음영이 불그스름한 여명을 배경으로 신비롭고 황홀합니다.

스스로 그러한 빛깔은 왠지 모르게 서럽습니다. 저는 코끝이 시큰한 감정을 짓누르고 돌아섭니다. 메마른 눈물도 한 번 터지면 주체할 수 없는 봇물이 된다는 걸 알기 때문입니다.

아버지의 출상 전날 밤이 그랬습니다. 꽃상여가 상여놀이를 하려고 차일 친 마당에 들어오자 갑자기 눈물이 핑 돌았습니다. 그동안 눈물 한 방울 비치지 않던 울음보가 억수같이 터져 나왔습니다. 얼마나 어깨를 들먹이며 울었는지 가슴이 쪼개지듯 아팠습니다.

그만 울고 손님 맞아라. 옆에 선 형님이 나무라듯 말했지만 한번 터진 눈물은 쉽게 멈출 수가 없었습니다. 정말입니다. 사람의 눈에 그렇게나 많은 눈물이 고여 있는 줄 몰랐습니다. 저는 눈두덩이 벌겋게 헐도록 울고 또 울었습니다.

소중한 당신도 끝내 울음보를 터트렸을까요? 어제 헌책방에서 구입한 책은 고등학교 때 읽은 안톤 슈낙의 산문집 '우리를 슬프게 하는 것들'입니다.

오뉴월의 장의행렬, 가난한 노파의 눈물, 둔하게 들려오는 종소리, 날아가는 한 마리 해오라기, 술에 취한 여인의 모습, 추수가 지난 후의 텅 빈 밭과 밭……

저는 학창시절을 떠올리며 책을 펼쳐보다가 우리를 슬프게 하는 것들이 결코 이런 것만은 아니라는 현실이 안타까웠습니다.

최저 임금, 비정규직, 쉬운 해고, 좀비기업, 학생들에게 매를 맞는 기간제 교사, 금수저 흙수저, 아동학대, 인구절벽, 세월호, 역사교과서, 헬조선, 마리 안통하네뜨, 지록위마, 혼용무도, N포 시대, 치매 걸린 어머니를 요양원에 맡기고 홀가분하게 해외여행을 떠나는 가족……

저는 우리를 슬프게 하는 것들이 너무도 많아 쓰다가 멈춥니다. 그러나 이것들 또한 지나가고 말아 저토록 그악스런 매미 울음소리도 머지않아 그치리라 믿습니다.

이제 가을입니다.

가을은 누군가에게 편지를 쓰라고 부추깁니다. 환한 불 밝히고 누군가를 기다리라고 속삭입니다. 어딘가로 멀리 떠나라고 충동질합니다. 이 징헌 세상, 신명나게 놀다 가면 그뿐인데 한 번쯤 흠뻑 취해 보라고 유혹합니다.

저는 지난 가을 쓰다만 편지를 다시 씁니다. 받아 읽는 이의 얼굴도 모르면서 길고 긴 편지를 씁니다. 한 번도 부치지 않는 편지를 씁니다. 언제나 멀리 있는 것은 돌아서서 그리운 날이 많고 간절한 것은 만질 수 없기에 더욱 아름답습니다.

감모여재(感慕如在)라고 했던가요. 어느새 해무 자욱한 고향바다가 철부지 천둥벌거숭이로 작은 커피잔에 들어와 출렁거립니다.

저는 부르지 않았습니다. 쓰다 만 편지를 썼을 뿐 치근대지도 않았습니다. 방문을 열어준 적도 없습니다. 그럼에도 비 내리는 창가에서, 목마른 잔을 적시고 넘기는 호프집에서, 지하철에서, 터벅터벅 걸어가는 귀갓길에서 어느 날은 눈치도 염치도 없이 머리맡 침대까지 비집고 들어와 나의 팔을 베고 누워 있습니다.

　용서하십시오. 그리움이 지나쳤나 봅니다. 그렇지만 상념이 저지르지 않는 애증이 있던가요. 모두 매미 때문입니다. 새벽의 정적을 찢으며 곡비처럼 울어댄 매미 때문입니다. 제가 그곳에 어찌 갔는지 모르지만 다시는 오지 마십시오.

두 겹 의 말

펼쳐든 석간신문 위로 흐릿한 음영이 드리워진다. 이내 자잘한 글자가 어스레 희미하다. 자투리 광고까지 죄다 읽은 그는 콧마루에 걸린 뿔테안경을 검지 끝으로 밀어 올리며 천천히 고개를 든다. 어스름이 깔린 거리는 안개비에 젖어들고 맞바라보이는 7층 건물 이마에는 성인 디스코클럽 네온사인이 뿌옇게 떠 있다.

그는 질펀하게 깔고 앉은 무료를 털고 일어나 조제실과 매장의 불을 켠다. 파르르 떨던 형광등이 소스라쳐 눈을 뜨자 갖가지 약명의 광구병들이 사열을 받는 병사들처럼 차렷 자세로 일어서고 진열장 속의 약들도 적요한 시간에 넌더리가 난 듯 기지개를 켜는 모양이다. 그는 간판의 스위치마저 올리고 다시 의자에 앉는다.

"저 집은 웬일로 일찍 문을 닫았네."

시장 경비원 배 씨가 턱을 들어 참기름집을 가리키며 들어선다.

"오해도 씨가 오후 늦게 어딜 가는 모양이던데……"

그는 지나가는 말로 대꾸한다. 대답을 해도 그만 안 해도 그만인 건너편 참기름집 부부 싸움은 이곳 시장통 사람이라면 모르는이가 드물었기 때문이다. 그러나 그들의 난타전은 억측만 무성할뿐 진짜 속사정이 무엇인지, 확실하게 드러난 적은 없었다.

"약간 몸살기가 있는데, 단번에 낫는 걸로 줘 보세요."

배 씨는 참기름집 이야기에는 아랑곳하지 않고 목을 좌우로 돌려 어깨를 으쓱거린다. 일회용 감기약을 피로회복제로 겸용하고 야간 근무시간에 맞춰 나갈 모양이다.

"이렇게 들면 금방 몸이 풀릴 겁니다."

그는 쌍화탕 한 병과 종합감기약 두 알을 내놓고 언제나처럼 장담하듯 말한다.

이 약을 복용하면 금방 낫습니다. 틀림없이 낫습니다. 며칠 후면 씻은 듯이 좋아질 겁니다. 약을 팔 때마다 후렴처럼 덧붙이는그런 장담은 그가 약국에 들르는 손님들에게 늘 덤으로 건네는 말이었다.

배 씨는 시간이 좀 남았는지 반쯤 남은 쌍화탕을 손에 들고 의자에 앉는다. 남의 일에 배 놔라 감 놔라 하지만 배 씨는 약국 손님으론 상대하기 편한 사람이다. 권하는 대로 약을 복용하고 복약지도하는 대로 지키고 따른다. 그래서인지 몰라도 약효 또한 잘듣는 편이다.

"물개표 우황청심환, 곰쓸개 간장약, 용비어천 두 개씩 주세요. 얼마죠?"

옷차림이 야한 아가씨 둘이 들어와 따다닥 껌을 씹듯 약명을 주절대고는 무엇이 그리 급한지 단숨에 합산된 약의 가격까지 묻는다. 그는 얼른 계산기를 꺼내든다. 약에 대한 어떤 설명도 원치 않는 이런 손님들에겐 약사란 한낱 계산원에 불과하다. 그들에게 세뇌된 약의 광고는 구원의 말씀처럼 확고부동해서 도무지 다른 말에 귀 기울이려 하지 않는다. 백 마디 약사의 말보다 한 줄 카피를 더 신뢰한다. 그러므로 주라는 대로 내놓는 게 피차 마음 상하지 않는 거래 방법이다.

"얼마냐고요?"

한 아가씨가 핸드백 속에 손가락을 집어넣고 다그치듯 되묻는다. 다른 데보다 가격이 비싸면 곧바로 돌아서버릴 것 같은 낌새마저 엿보인다.

"이만삼천 원입니다."

그는 계산기보다 약간 낮은 가격을 부른다. 그들은 선 채로 약을 넘기고 흐릿한 어둠 속으로 사라진다.

"아가씨들이 무얼 하려고 저런 약을 먹는지 모르겠네."

한눈으로 기웃대던 배 씨가 오지랖 넓은 말투로 끼어든다.

"궁금하시면 오늘밤 저기 저곳으로 가보시든가."

그는 흡뜬 눈으로 디스코클럽 네온사인을 가리키며 말한다.

"꼬리를 흔들면 양심에 털 날까 봐 미리미리 대비하잔 것이로군."

혼잣말로 엉절거리며 시계를 보던 배 씨도 교대시간에 맞춰 약국을 나간다.

그는 의자에 놓인 신문을 쓰레기통에 내던지고 뚱한 눈길로 TV를 켠다. 화면에는 은퇴한 어느 축구선수가 한 움큼의 불고기를 상추에 싸서 입으로 가져가는 장면이 눈에 비친다. 어허, 차 선생 탈나겠어! 어어, 아직도 모르시나? 코끼리 소화제, 코아제. 바로 소화됩니다. 차 선생은 오른발로 날아오는 공을 힘차게 걷어차고 화면 속으로 사라진다. 그는 신경질적으로 TV전원을 눌러 끈다.

가끔가다 약사인 그도 모르는 약을 손님이 찾았을 때의 소외감은 빈 들의 허수아비처럼 쓸모없고 허소했다. 어떤 것은 그즈음 한창 인기를 끌고 있는 코미디프로에 협찬 자막으로 광고한다는 사실을 알았을 때의 자괴감은 아직도 그의 가슴에 쓰라린 생채기로 긁혀 있다.

날마다 일정한 시간대에 기계적으로 되풀이되는 광고의 영상은 사라진 뒤에도 쉬이 지워지지 않는다. 그중에서도 그가 가장 혐오하는 광고는 간접적으로 믿음을 암시하는 시 에프다. 요즘 들어 그런 화면에는 의사나 약사와 상의하고 복용하라는 자막이 덤처럼 얹어지지만 그것은 타오르는 불길 속에 뿌려지는 한줌 물에 지나지 않는다.

오늘 아침 그는 아무리 물을 쏟아 부어도 꺼지지 않는 불길에 놀라 잠을 깼다. 미확인 비행물체가 파란 불꽃을 내뿜으며 수직상승하자 검불더미에 붙은 불은 삽시간에 산불로 번졌다. 그는 무용한 노동에 시달리는 시지프스처럼 계곡의 물을 떠서 뿌리고 뿌렸지만 타오르는 불길은 오히려 물을 뿌린 곳마다 거대한 불기둥을 이루며 치솟아 올랐다. 기겁하고 눈을 떴을 때도 걷잡을 수 없는 불길의 잔영이 선연하게 이글거렸다.

급한 요의를 느낀 그는 도리어 위축된 오줌줄기로 미몽의 잔뇨감을 흔들어 턴 뒤, 거실의 커튼을 열어젖혔다. 창밖엔 비가 내리고 있었다. 그는 목마른 숙취를 한 컵의 물로 축이고 벽에 걸린 시계를 쳐다보았다. 우중충한 날씨 탓인지 평상시보다 꽤 늦은 시간이었다.

그의 출근을 별로 거들어본 적 없는 아내는 곤한 잠에 떨어져 있었다. 뜨끈한 국물이 간절했지만 쓰린 속을 챙길 짬이 없었다. 시장골목을 끼고 있는 그의 약국은 아침에 팔리는 매상의 비중이 거의 반을 차지했기 때문이다.

"이 늦은 시간까지 어디서 누구하고 술을 마신 거예요?"

어젯밤 아내는 의심에 찬 눈초리로 말했다.

"청산약국 박 약사하고 한 잔 했어."

"그 여잘 만난 건 아니고요?"

아내는 가끔 별것도 아닌 트집을 챙겨 집요하게 닦달했다.

"당신답지 않게 왜 또 이러는 게야?"

"그런 오핼 받지 않으려면 전화라도 해야 할 것 아녜요."

"알았어. 나 지금 몹시 피곤해."

그는 아내의 잔소리를 귓등으로 흘리고 되는대로 쓰러져 잠이 들었다.

흐리멍덩한 숙취를 끌고 현관문을 나서던 그는 훔치듯 승강기의 표시등을 살폈다. 승강기는 내려가는 화살표를 달고 바로 밑 7층에 멈춰 있었다. 제기랄. 그는 아파트 계단을 바삐 뛰어내렸다. 내려가는 승강기는 15층까지 다시 올라갈지도 모르고 내려오면서 층마다 멈추지 않는다는 보장도 없었다. 그는 아파트 밖을 나서다 말고 비가 내리는 하늘과 우산을 쓰고 걷는 사람들을 번갈아 바라보았다. 제기랄. 그는 우산을 챙기지 못한 자기의 불찰을 또 그렇게 꾸짖었다.

새벽부터 내린 비가 그치지 않는 밤거리에는 오가는 발길이 뜸하다. 그는 다시 TV를 켜고 화면을 응시한다. 기상캐스터는 북태평양고기압이 차고 건조한 상층기압골과 충돌하면서 밤늦게까지 비가 내릴 것이라고 말한다.

번갈아 채널을 돌려 보는데 참기름집 오해도의 아내가 미간을 찡그리고 들어선다. 손찌검을 당했는지 다크서클이 내린 눈가장자리가 푸르스름하다.

"두통약 주세요. 토끼표로요."

그는 푸르뎅뎅한 눈가를 흘겨보며 토끼표 두통약 두 알을 판매대 위에 내놓는다.

"이거 오래된 것 아니지요?"

오해도의 아내는 약을 집어 들고 요모조모 살피며 묻는다. 그녀는 늘 상표까지 지명해 약을 사지만 유효기간과 가격도 그냥 넘어가지 않는다. 그러면서도 만에 하나 부작용과 약사의 복약지도를 캐묻는다. 여간 피곤한 손님이 아니다. 그는 말없이 고개를 가로 젓고 신경질적으로 TV 버튼을 눌러 끈다.

"오늘 오후에 오해도 씨가 여기 와서 무슨 말인가, 하고 갔지요?"

두통약을 복용한 그녀는 갑자기 자기 남편에 대한 언행을 건너짚고, 그의 눈치를 살핀다.

"아니요."

"이곳에 들렀잖아요?"

그녀는 금세 되바라진 목소리로 무지른다. 약국에 들러 나갔으니까 무슨 말인가를 당부하고 갔을 거란 억지논리다.

"정력제 한 알에 로열젤리를 들긴 했지만……"

그는 느물대듯 말한다. 하지만 그것은 거짓말이다. 오해도는 자기 가게에 누가 왔다 가는지, 마누라는 언제 나갔다 들어오는지 잘 좀 살펴달라는 부탁의 말을 남기고 갔었다. 너무 일방적인 간청이라 약속을 한 적도, 곧이곧대로 일러준 적도 없었지만 심적으론 빈총에 맞는 듯한 부담감이 느껴졌다.

"너무 억울해서, 사는 게 너무 분하고 억울해서……" 그녀는 관자놀이를 누르며 한탄하듯 중얼거린다. 남편의 늦은 귀가 때문인지 여느 때보다 초조하고 불안한 모습이다. "알아보고 바로 들어온다 해놓고선……" 그녀는 알 수 없는 혼잣말을 남기고 약국을 나간다. 싸울 때마다 머리채를 휘어 잡힌 탓인지 한눈에도 정수리가 훤히 비어 보인다.

TV를 끈 탓인지 갑자기 약국 안은 진공 같은 고요가 앙금처럼 고인다. 그는 의자등받이에 고개를 뒤로 젖히고 둥그런 벽시계와 그 밑에 걸린 일력을 바라본다. 그러고 보니 내일은 격주로 쉬는 휴일이다. 쉬는 날은 생각만 해도 날아갈 것 같지만 막상 닥치면 켜켜로 쌓인 짜증과 무위감만 몰려든다. 그는 뻐근한 뒷목을 좌우로 돌리고 눈을 감는다. 슬며시 다가온 겉잠이 잔물결처럼 밀려든다.

"수면제 좀 주세요."

그는 개개풀어진 눈을 뜨다가 덴겁하고 놀라 일어선다. 판매대 너머 하얀 붕대로 목을 감싼 도베르만이 물어뜯을 듯이 노려보고 서 있다.

"올 때마다 놀래시긴."

목줄을 바투 잡은 삼십대 여자가 옆으로 눈동자를 굴리며 말한다.

"요즘 위장은 좀 어떠십니까?"

그는 주의 깊게 여자의 얼굴을 살피며 묻는다.

"다시 도져 다른 처방전을 받아왔어요."

여자는 기호문자 같은 의사의 처방전을 내민다. 지난번과 별로 다름없는 성분들이다. 그는 처방전을 받아 들고 조제실로 들어간다.

여자가 도베르만을 끌고 약국에 나타난 것은 두 달 전쯤이었다. 의자에 앉아 있던 손님들이 후다닥 일어나 몸을 피했다. 여자는 가늘게 눈을 흘기며 자기의 개는 사람을 물지 않는다고 단언했지만 개를 바라보는 사람들의 경계는 풀어지지 않았다. 여자는 신경성위장병 환자임을 밝히고 의사의 처방전을 내보였다. 하루 3회 복용하는 처방전에는 습관성안정제가 들어 있었다.

"꼭 그대로 조제해야 해요."

여자는 조제실로 들어가는 그를 불러 세우고 그렇게 말했다. 순간 그는 믿음을 주지 못한 자기 확신에 대한 배반감에 몸을 떨었다.

난 허수아비가 아니야. 꼭두각시도 아냐. 갑자기 가슴 저 깊은 곳에서 세상의 모든 불신을 골탕 먹이고 싶은 장난기가 꿈틀거렸다.

그는 처방전에 기재된, 하루 3회 복용하는 안정제 한 캡슐을 모양과 색깔이 똑같은 빈 캡슐로 대체했다. 그러다가 아침저녁의 약을 교체했고, 나중에는 모든 안정제를 빈 캡슐로 바꾸어 버렸다. 그는 그렇게 해놓고 매주 수요일마다 약을 지어 가는 여자에게 위장병의 차도를 에멜무지로 물었다.

"많이 좋아진 것 같은데, 예전처럼 약을 떼면 다시 도지지나 않을는지."

여자는 늘 그렇게 말했다. 한두 번 재발한 병이 아니라는 거였다. 그는 이번에도 전과 다름없는 빈 캡슐로 약을 짓고 따로 요구한 수면제까지 모양과 색깔이 똑같은 소화제로 바꾸어 들고 나온다.

"요즘에도 잠 못 이루는 밤이 많은가요?"

그는 수면제의 위약을 판매대 위에 올려놓고 능청스런 대화로 간접적인 믿음을 유도한다. 그럴 때마다 그는 결과에 관계없이 확신이 초래할 효과의 상상만으로도 야릇한 쾌감을 느낀다.

"옆에서 부스럭거리는 소리만 나도 잠을 깨는 성정머리라서 독한 맘먹고 성대를 제거시켰는데, 괜한 짓을 했다는 생각에 사흘째 잠을 한숨도 못 잤어요."

여자는 안쓰러운 눈길로 도베르만의 이마를 쓰다듬고 속이 거북한지 곧바로 조제약 한 봉지를 털어 넣는다.

"오늘 밤, 이 약을 드시면 금방 잠이 올 겁니다."

그는 수면제의 위약을 가리키며 말이 북돋는 믿음으로 또 한 번 과장된 확신을 곁들인다.

그는 개업 초부터 약국에 오는 환자들에게 믿음이 주는 말의 효과를 덤으로 얹어 주곤 했지만 환자들의 반응은 늘 시먹은 표정이었고 약사가 으레 덧붙이는 말쯤으로 여겼다. 그럼에도 불구하고 TV나 신문이 전하는 카피라이터의 말은 거의 맹신에 가깝도록 신뢰했다. 부아가 치민 그는 시 에프의 카피에 맞서 끊임없이 되뇌었고 시간이 갈수록 혀끝에 두고 쓰는 말이 되고 말았다.

그러나 그것에 대한 결과는 늘 오리무중이었다. 병원 침대에 누워 있는 환자를 상대하는 것도 아니었고 병이 다 나은 사람은 바로 약국에 오지도 않을뿐더러 그 병의 치료가 믿음이 주는 효과 때문이었는지, 약물에 의한 것인지가 불분명했다. 그것은 또 환자에게 직접 물어볼 성질의 것도 아니었다.

"사람을 물면 어쩌려고 이렇게 사납게 생긴 개를 끌고 다니는 거죠?"

약국에 들어서던 취객이 도베르만을 보고 무춤 몸을 사리며 따진다.

"걱정 말아요. 이 개는 사람을 무는 개가 아니니까요."

여자는 내쏘듯 말하고 개를 끌고 약국을 나간다. 위약의 효과 때문인지 어딘지 모르게 느긋하고 편안해 보이는 뒷모습이다. 구시렁거리던 취객도 술 깨는 약을 마시고 이내 시장골목으로 사라진다.

그는 좁은 약국 안을 서성거리다가 버릇처럼 TV를 켠다. 화면에는 여류화가 C의 미인도가 비쳐지고 있다. 흰 꽃의 화관을 쓴 미인의 눈망울은 어깨로 내려오는 목선과 함께 어쩐지 애처롭다. 한국화랑협회 감정위원회는 3차에 걸친 심의 끝에 진품이라는 결론을 내렸으나 작가가 여전히 위작임을 주장하고 있어, 문제의 그림을 감정하는 데는 한계가 있음을 인정한다는 단서를 달아 판정 결과를 공식발표했습니다. 전하는 아나운서의 목소리도 어딘지 모르게 시답잖다. 그는 불신에 찬 표정으로 화면을 바라보다가 약국의 출입문을 열고 비가 내리는 거리를 내다본다. 가로등만 뚜렷하게 비를 긋고 있는 시장골목은 어둔 동굴의 입구처럼 휘휘하다.

그는 무심코 참기름집을 건너다보다가 흠칫 놀라 응시한다. 참기름집 앞에서 누군가가 이쪽을 노려보고 있는 게 아닌가. 그는 턱없이 긴장한다. 하지만 그것은 언제나 그곳에 서 있는 참기름집 입간판이었다. 그는 이내 쓴웃음을 짓고 그것이 주는 반어적인 의미를 곱씹는다.

입간판 뒤에 숨은 말의 이중성이 드러난 것은 참기름집 주인이 바뀐 지지난해부터였다. 천식을 앓던 전 주인 허 씨는 깨를 볶을 때마다 피어오르는 매캐한 연기 때문에 가게를 내놓았다. 그것을 인수한 오해도 부부가 〈참기름 팝니다〉의 입간판을 〈순 진짜 참기름 팝니다〉로 바꾸어 놓았다. 그는 그것을 볼 때마다 속이 빤한 불신의 과녁처럼 느껴졌다. 부정에 부정을 더하면 긍정이 되는 것처럼 진짜 참기름은 절대로 팔지 않는다는 은근한 암시로 다가왔다.

"아버지가 에이형이고 어머니가 오형일 때 비형의 자식은 태어날 수 없는 거죠?"

모든 초등학교가 방학에 들어간, 지난겨울 어느 날이었다. 오해도가 약국에 들러 참으로 생게망게한 것을 물었다.

"그렇지요. 한데, 그런 걸 왜 묻지요?"

그는 너무 의외의 질문이라 되묻지 않을 수 없었다.

"우리 부부는 에이형과 오형인데, 아들의 생활통지표엔 비형이라 적혀 있어서요."

"그건 담임선생님이 잘못 기재한 거겠죠, 뭐."

"그렇담 몰라도……"

오해도가 긍정도 부정도 아닌 표정으로 약국을 나간 다음날, 그의 아내 역시 똑같은 내용의 말을 물으러 왔다. 오뉴월 식혜만큼이나 변덕스럽고 까칠한 그녀는 울먹이는 목소리로 그럴 수는 없다고 고개를 가로저었다. 뭔가 또 다른 싸움의 빌미가 생긴 모양이었다.

그는 참기름집과 지척인 관계로 본의 아니게 그들의 다툼을 구경하곤 했는데, 부부싸움은 금세 쫙 벌어지다 못해 여러 조각 파편으로 튀어나갈 정도였다. 그런데도 매달 피임약을 사 가는 걸 보면 금실이 은밀한 구석도 없지 않아 보였다.

따르릉, 전화벨이 울린다. 그는 판매대 안으로 들어가 수화기를 집어 든다. 당신 좋아하는 장어찜을 맛있게 조려 놨어요. 아내의 목소리는 나직하게 가라앉아 있었지만 한편으론 카랑카랑하다. 원인불명의 불임증으로 한때 유명하다는 한의원을 순례하다시피 했던 그의 아내는 요즘 들어 용한 점쟁이의 점괘를 믿어 의심치 않는다. 일찍 들어오시는 거죠? 폐문할 즈음마다 걸려오는 아내의 목소리는 어딘지 모르게 공허하다. 알았어. 그는 그렇게 말하고 오늘 아침 콩나물시루 같은 전철에서 보았던 아이의 얼굴을 떠올린다. 아이는 그런 북새통에도 곤히 잠들어 있었다.

오늘 아침 그가 우산을 챙겨 들고 들어선 상계역은 출근 인파가 몰리는 피크타임으로 전철에 오르는 것조차 버거울 것 같았다. 그는 좌충우돌하는 힘에 끼어 열린 문틈으로 밀려들어갔다. 그러다가 어느 한순간 발끝이 닿지 않는 듯한 옥죄임을 느꼈다. 가슴이 먹먹했다. 여기저기 헛기침하는 소리도 들렸다.

수유역에 이르러 그는 다음에 내릴 미아역을 염두에 두고 몸을 빼 보았지만 문 쪽으로 돌아서기도 쉽지 않았다. 그것은 어린 시절 얕은 냇가에 손을 짚고 물장구를 치는 듯한 몸놀림이었다. 그가 안간힘을 다해 몸을 뻗대고 움직이자 옆에 아기를 업고 선 여자가 꽥 소리를 질렀다. 모성본능이 가미된 앙칼진 항의였다. 문득 그는 엉뚱하게도 정신적 갈등이 깊은 관계는 설사 사정이 된다 해도 정액과소증으로 불임의 원인이 될 수도 있다는 말을 떠올렸다.

　이윽고 미아역이었다. 그는 몇 사람이 내리는 틈을 이용해 발을 빼 나가려 했지만 곧바로 사람들이 밀고 들어왔다. 가슴을 옥죄는 압박감이 목에 차고 온몸의 기운이 쭉 빠졌다. 그가 겨우 몸을 빼낸 곳은 길음역이었다. 그는 반대편에서 오는 전철을 갈아타고 미아역에서 내렸다.

　출구를 나서자 심한 어지럼증이 엄습했다. 그는 내닫듯 수유시장 쪽을 향해 걸었다. 그렇게 얼마나 걸었을까. 느닷없는 도봉세무서가 눈에 띄었다. 갑자기 혼란스런 방향감각의 상실이 머릿속을 휘저었다. 정반대 방향으로 걷고 있었던 것이다. 그것은 유년 시절 자제하지 못한 획득형질이거나 제어할 수 없는 야뇨증처럼 황당하고 어이없는 일이었다.

　유년 시절 악몽은 언제나 불길이 타오르는 똑같은 반복으로 이어졌다. 자꾸만 물을 퍼붓는 무위한 행위가 끝나고 나면 그의 아랫도리는 흥건한 오줌에 젖어 있곤 했다. 그때마다 싸늘하게 달아오른 수치감은 꿈속의 불길보다 더 뜨거웠고 선뜩한 요 위의 감촉은 얼음의 냉기보다 더 차가웠다.

　그는 어린 날의 악몽을 지우고 곧바로 돌아섰지만 갑자기 주위가 낯설어졌다. 가는 곳이 어딘지, 어디쯤인지 도무지 분간이 되지 않았다. 한 번도 와본 적이 없는 거리에 내버려진 듯한 터무니

없는 착각이었다. 그는 지나친 방향의 반대쪽으로 무작정 걸었다.

늘 한쪽으로 원을 그리며 도는 시계바늘은 9시 17분, 비스듬한 수평선상에 놓여 있다. 그새 밤의 기온이 떨어졌는지 약국의 유리창에 엷은 김이 서린다. 유리창에 서린 김으로 인해 시야가 흐려진 약국 안은 하얀 블라인드를 친 것처럼 적요하다. 분명 초침이 빠져나갈 출구도 없이 돌아가고 있는데도 시간마저 정지해 있는 듯한 착각이 인다.

그는 깊은 바닷속 같은 약국에 홀로 앉아 있을 때마다 시시각각 변화하는 히말라야의 날씨를 동경하곤 했다. 십여 년, 약국에서 해가 뜨고 해가 지고, 밤이 이슥하도록 걸어온 나날 중에 그에게 변화가 있는 날이라곤 한 달에 두 번 격주로 쉬는 일요일뿐이었다.

쉬는 것에 늘 걸신들려 있는 그는 그날만은 거실의 소파에 길게 앉아 TV를 보다가 잠이 들고 눈을 뜨면 다시 TV를 보았다. 어느 날은 내리 잠만 자는 날도 있었고 TV프로가 구미에 당긴다 싶으면 마지막 애국가가 울려 퍼지는 장면까지 보고 잠자리에 들었다.

그는 유리창에 서린 김을 손바닥으로 훔치고 희미하게 어리비치는 얼굴을 바라본다. 숙취로 보대끼는 속을 비우고 점심을 칼국수로 때운 이래 저녁을 거른 얼굴은 초췌하고 해쓱하다. 문득 중학교 2학년 때까지 야뇨증에 시달리던 소년시절의 그가 마른버짐이 핀 얼굴로 겹쳐진다.

꿈땜으로 오줌을 싼 날의 아침은 밥을 굶기 일쑤였다. 어머니는 그런 그에게 도시락도 싸주지 않았다. 제법 곰실곰실한 거웃이 돋아나던 사춘기에 밥을 굶는 것보다 두려운 것은 이웃집 또래들이 들을지도 모를 어머니의 큰 목소리였다. 그는 쩌렁쩌렁 울리는 꾸지람에 몸서리를 쳤다.

"아침부터 당한 거니?"

그가 잔뜩 찌푸린 얼굴로 교실에 들어서자 삼삼오오 모여 섰던 아이들 중 하나가 그의 위아래를 훑으며 그렇게 물었다. 순간 그는 어찌할 바 모를 당혹감에 몸을 떨었다. 하지만 그것은 교문에서 복장검사를 하는 상급생에게 얼차려를 받았느냐는 것이었지만 야뇨증의 소문이 암암리에 퍼졌을지도 모른다는 걱정 때문이었다.

"정말 얼굴이 하얗다. 어디 아프냐?"

다른 아이도 그렇게 거들고 나섰다. 야뇨증으로 인해 자의식과잉에 사로잡혀 있던 그는 쥐구멍에라도 기어들어가고 싶은 수치감을 느꼈다. 그는 얼굴을 수그리고 자기 자리로 가 앉았다.

"너 얼굴이 해쓱하다. 어디 아프니?"

옆에 앉은 짝꿍도 그렇게 말했다. 그는 잇따른 말의 반복에 어질어질한 현기증을 느꼈다. 그때야 그는 자신의 몸이 몹쓸 병균에 감염됐을지도 모른다는 공황에 빠졌다. 그렇지 않고서야 내리 그런 꿈을 꾸지도, 오줌을 싸지도 않을 거란 연상 때문이었다. 점차 형체도 없는 아픔이 밀려들었다. 그는 마침내 자신의 몸이 몹시 아프다는 체념에 가까운 단정을 하기에 이르렀다.

조회를 시작하던 담임선생님은 그런 그를 대번에 알아보고는 양호실에 가 누워 있으라고 말했다. 양호교사는 눈꺼풀을 까보고 이마를 짚어보더니 빨간 당의정 두 알을 복용케 했다. 그는 한 시간쯤 누워 있다가 증상이 호전되지 않아 담임선생님의 지시로 귀가했다.

그날 밤 그는 심한 고열에 시달렸다. 이틀간이나 뚜렷하게 아픈 데도 없이 시난고난 앓아누웠다.

그는 유리창에 어리비친 얼굴에서 눈을 떼고 판매대로 돌아와 고단위 비타민제를 홍삼드링크로 넘긴다. 그러나 그것이 한 끼의 식사 칼로리로 충분하다 할지라도 채워지지 않는 공복감은 언제나 허기지고 간절했다. 이 약을 복용하면 금방 낫습니다. 틀림없이 좋아집니다. 아무리 믿음의 말을 남발해도 소년시절 그가 겅더리되도록 고열에 들떴던 환청은 보이지도 만질 수도 없는 것이었다.

그는 다시 유리창 너머 시장골목을 내다본다. 때맞춰 참기름가게에 불이 켜지고 오해도의 아내가 우산을 펼쳐 들고 걸어 나온다. 기다리는 그녀의 남편은 아직도 귀가하지 않은 모양이다. 그는 얼른 판매대 안으로 들어와 선다.

"쥐약 한 병 주세요."

약국에 들어온 그녀는 엷은 미소를 지으며 말한다.

"어디가 또 편찮으십니까?"

그녀의 말을 귓등으로 흘린 그는 선소리로 묻는다.

"비만 오면 쥐새끼들이 어찌나 설쳐대는지…… 아주 독한 걸로 줘보세요."

그녀는 여느 때와 달리 억양이 부드럽고 사근사근하다. 약국에 올 때마다 어찌나 까탈이 많고 못 미더워하던지 약을 팔고 싶은 마음조차 싹 가시게 했던 목소리가 왠지 모르게 수굿하다. 바짝 경계했던 그의 눈빛도 이내 풀어진다. 순간적인 감정의 변환은 그녀의 마음에 도사린 확신 같은 것이 반짝 튀는 발상으로 떠올랐기 때문이다.

"잠깐만 기다리세요. 마침 새로 들어온 쥐약이 있는데, 그걸 드릴게요."

그는 곧바로 조제실에 들어가 한참 만에 쥐약을 들고 나온다.

"이 쥐약은 아주 독한 거라서 주의하지 않으면 큰일 납니다. 음식물 가까이나 아이들의 손이 닿는 곳에는 절대로 놔두지 마세요."

그는 희멀건 액체의 쥐약을 판매대에 올려놓고 독극물을 팔 때마다 되뇌는 말을 강조한다. 그녀는 엷은 미소를 머금고 듣는다. 하지만 쥐약을 들고 나가는 옆얼굴은 차디찬 콘크리트 벽처럼 굳어 있다.

이것은 맹독성 쥐약입니다. 이 쥐약은 어떤 쥐도 먹을 수밖에 없다는 것이 큰 장점이고 먹기만 하면 틀림없이 죽습니다. 효과가 탁월한 희멀건 쥐약, 그냥 박멸됩니다. 그는 그녀의 뒷모습을 향해 약 광고를 흉내 낸 카피를 방백처럼 내뱉고는 흡족한 표정을 짓는다.

그는 이제 보이지도 만질 수도 없는 것이 드디어 그 실체를 드러

낼지도 모른다는 기대감에 부푼다. 어찌 될지 모를 기다림이 두방 망이질하고 초조한 귀추가 갈급하다. 그는 박명의 불안을 깔고 앉아 있다가 저도 모르게 출입문 쪽으로 다가가 참기름집을 응시한다.

비가 내리는 시장골목은 어둠에 묻힌 채로 아직 아무런 기척이 없다. 그는 미세한 움직임도 놓치지 않는 초병의 눈길로 끈질기게 엿살핀다. 그렇게 반 시간은 족히 지났을 무렵이다. 골목을 휘젓는 유행가 가락이 가까워지는가 싶더니 웬 사내가 뿌연 가로등 아래 몸을 드러내고 선다. 우산을 비스듬히 목에 걸고 고의춤에 두 손을 모으는 것으로 보아 방뇨를 하는 모양이다.

일을 마친 사내는 진저리치는 몸짓으로 불이 켜진 약국으로 눈을 돌리더니 비틀걸음으로 다가온다. 많이 취해 보이는 고수머리 오해도였다. 그는 와락 켕기는 마음으로 판매대 안으로 들어와 선다.

"팥 심은 데 파앝 나고, 콩 심은 데 코옹 나고, 끄억…… 옛말이 하나도 틀린 게 없드라구요."

오 씨는 음주 전후에 좋다는 드링크를 한 모금 넘기고 밑도 끝도 없는 말을 내쏟는다.

"그게 무슨 말이죠?"

그는 적당히 비위를 맞춰 보낼 생각으로 말을 받아 거든다.

"오, 오늘 친자확인검사가 뭔가가 나왔는데…… 흐으, 내 피가 아들과 똑같은 비형이라는 거예요. 아들과 똑같은 비형…… 여태

껏 나는 에이형인 줄 알았거든요."

오해도는 고개를 떨어뜨리고 가끔씩 손을 내저으며 우는지 웃는지 모를 목소리로 웅얼거린다.

"그렇다면 얼른 아주머니한테 알리지 않고요?"

"그동안의 일이 너무 멋쩍고 미안해서 혼자 이렇게 술만 퍼마셨구면요."

"어서 가보세요. 걱정을 태산같이 하고 있을 텐데……"

그는 다급하게 앞서는 마음으로 오 씨를 곁부축해 내보낸다. 비척거리며 참기름가게로 다가간 오 씨는 두어 번 문을 두드리다가 그대로 가게문을 열고 들어간다.

참기름가게에 불이 켜지고 두어 번 마른 침을 삼킬 즈음이었다. 닫힌 가게문이 다시 열리고 한 무더기 빛발과 함께 오 씨가 허겁지겁 뛰어나온다. 그는 잽싸게 판매대 안으로 들어와 호흡을 고른다.

"여편네가 무, 무슨 약을 먹었는지…… 누, 눈을 까뒤집고……"

한걸음에 들이닥친 오 씨는 숨넘어가는 목소리로 떠듬거린다. 그는 시치미를 뚝 떼고 오 씨를 따라나선다.

그는 궁따는 마음으로 가게에 딸린 방에 들어서다가 멈칫 놀라 우뚝 선다. 정말이지 그곳에는 너무 뜻밖의 상황이 벌어져 있다. 방바닥에 사지를 널브리고 누운 오해도의 아내는 눈을 뒤집어 천장에 매단 채 인사불성이다. 아니, 그대로 두면 죽을지도 모를 긴박감이 백지장 위의 그림자처럼 어른거린다. 가끔 흰자위로 실눈을 치뜨는 얼굴에는 괴기스런 요기마저 감돈다.

그는 급한 김에 뺨도 때리고 차디찬 물을 흩뿌려도 보지만 오해도의 아내는 축 늘어진 채 미동도 않는다. 그때 그는 어이없게도 바지의 지퍼 안이 팽팽하게 부풀어 오르는 것을 느낀다.

"쥐약을 팔긴 했지만 그것은 진짜 쥐약이 아니었어요. 맹물에 위장약가루를 탄 가짜 쥐약이었단 말요. 가짜 쥐약……"

느닷없는 발기로 더욱 당황한 그는 그야말로 기총소사를 하듯 자초지종을 오 씨에게 털어놓는다.

"뭐라고? 쥐, 쥐약이 아니면 왜 이리 사람이 죽어가는 게여? 이 무슨 조화냔 말여!"

오 씨는 더 밝힐 겨를도 주지 않고 모지락스럽게 그의 멱살을 틀어잡는다. 별안간 눈앞이 핑그르르 돈다. 문득 쥐약을 팔았는지도 모른다는 착각 같은 혼돈이 의식의 심층을 넘나든다. 그는 안간힘을 다해 고개를 뻗대고 그 깜깜한 의식의 혼돈을 헤집고 나오려고 목청껏 고함을 지른다.

"이 손을 놔, 이 손을…… 아주머닌 내 말이 들리기만 하면 금방 깨어날 테니까 어서 이 손을 놓으란 말야."

그는 멱살을 움켜쥔 손을 간신히 뿌리치고 크게 한 번 숨을 몰아쉰다. 그리고 세차게 고개를 흔든다.

그것은 분명 쥐약이 아니었다. 설령 그것이 일시적인 맹신이었다 할지라도 그것은 어디까지나 맹물에 불과한 것이었다. 그는 까무러친 오해도의 아내를 무릎에 누이고 음독한 쥐약이 진짜가 아닌 가짜라는 사실을 거의 절규에 가까운 목소리로 외어 댄다. 급박한 말의 반복에 혀가 꼬이고 입 안에서는 쓰디쓴 단내가 돌지만 그는 잠시도 말을 멈출 수가 없다. 그의 말은 오로지 소생을 갈구하는 끝 모를 주문처럼 이어진다.

"아주머니, 그것은 진짜 쥐약이 아니었어요. 가짜 쥐약이었단 말요. 정말이에요. 내 말을 믿어야 해요. 내 말만 믿으면 아주머닌 절대로 죽지 않아요. 먹고 죽을 그런 약이 아니란 말요. 절대로……"

그는 오로지 진짜가 아닌 가짜라는 사실을 끊임없이 되뇐다.

점차 그녀의 얼굴에 화색이 도는 것을 본다. 축 늘어졌던 몸도 어느 정도 버티는 힘이 뻗쳐 있다. 그는 이제 가짜가 소생하는 기쁨보다도 그녀를 눕힌 아랫도리가 아직도 팽팽하게 부푼 채로여서 심히 부끄럽고 난처하다. 그는 오늘 아침 전동차에서 본, 곤히 잠든 아이의 얼굴을 떠올렸다.

호리병 속의 땅

오일장이 서는 장터거리는 날이 갈수록 사람의 발길이 뜸했다. 키 낮은 점포들이 다닥다닥 엎드린, 상가랄 것도 없는 거리는 꾀죄죄한 풍경 그대로 한산했지만 이따금 고급 승용차들이 먼지바람을 일으키며 지나가곤 했다.

동남쪽으로 호리병처럼 가느다란 목이 겨우 육지와 맞닿았을 뿐 둥그스름한 땅덩어리가 바다로 둘러싸인, 외딴섬과 같은 이곳에 외지인들이 들락거리기 시작한 것은 그끄러께 봄이 오기 전부터였다.

한낮이 기운 오후, 나는 먼지바람이 몰려가는 거리를 바라보다가 책상 위에 놓인 인체해부도를 펼쳤다. 학생 때 말고는 한번도 펼쳐 본 적이 없는, 누렇게 변색된 것이었다.

방금 전에 들어와 판매대에 기대고 선 허천병은 달콤한 피로회복제를 야금야금 넘기며 입맛을 쩝쩝 다셨다. 거의 날마다 약국에 들러 피로회복제를 사 마시는 그는 오늘따라 유난히 내 눈치를 살피며 뭉그적거렸다. 나는 그런 그를 무심한 눈길로 내리깔고 골격계, 내장계, 근육계, 순환계 순으로 되어 있는 인체해부도를 펼쳤다. 학창 시절 버릇대로라면 나는 여기에 빠져드는 몰입으로 무료한 시간의 적적함을 그런대로 땜질할 수 있을 것이었다.

　"아따, 그러고 본께 꼭 돌부처 같소야. 인자 없는 놈 보태주는 셈치고 우리 쪽으로 넘겨부리씨요. 값은 섭섭잖게 쳐줄 텐께. 이러다가 죽 쑤어 개 줄지도 모르는 일이고……"

　쓰레기통에 빈병 던지는 소리가 들리고 뚝배기 깨지는 듯한 허천병의 말이 뒤를 이었다. 그러거나 말거나 나는 인체해부도에서 눈도 떼지 않았다.

　"또 뭔 차다냐? 여그서 멈춰서는 것 같은디."

　허천병이 혼잣말로 나불거리는 소리에 나는 가만히 고개를 들었다. 고급 외제 승용차 한 대가 약국 앞을 가로질러 정차하고 있었다.

　운전기사가 잽싸게 뛰어나와 뒷문을 열고 서자 한 사내가 오른발을 내려놓고 느릿느릿 몸을 빼냈다. 그의 굼뜬 몸짓에 따라 승용차는 탄력 좋은 쿠션처럼 출렁거렸고 열린 뒷문은 그의 큰 몸집에 비해 턱없이 협소해 보였다. 일본 스모선수를 연상시킬 만큼 덩치가 큰 사내였다. 그는 한눈에 주위를 살피고 비만한 몸을 뒤뚱거리며 약국 안으로 들어섰다.

"머, 먹보 아닌가?"

나는 한손을 들어 보이는 사내를 바라보다가 부지간에 소리쳤다. 먹보는 학창시절 배대식의 별명이었다.

"그래, 아직 잊지 않았군. 며칠 전부터 갑자기 자네 생각이 나서 말야. 자네 고향 바다, 감칠맛 나는 생선회도 먹어볼 겸 한달음에 찾아왔네."

대식은 화살코를 킁킁거리며 말했다. 그는 긴가민가할 정도로 엄청나게 살집이 불어나 있었지만 콧김 뀌는 소리로 말하는 버릇은 그대로였다.

"먹는 타령은 지금도 여전하군. 그래도 이젠 뱃속이 든든해진 모양이지. 친구 찾아 천리 길도 마다하지 않는 걸 보면⋯⋯"

나는 그의 손을 잡은 채로 이기죽거렸다. 오랜만에 만난 서먹함에 앞서 함께 어울렸던 대학 시절, 그의 게걸스런 모습이 겹쳐졌다.

"모르는 소리. 먹성이란 덩치가 커질수록 훨씬 더 허기가 지는 법이지."

"하기야 뭐, 그것도 생리적 욕구의 악순환이 아니겠나. 왕성한 식성은 두꺼운 지방층과 비만세포를 늘리고 불어난 몸집은 그만큼의 식탐을 부를 수밖에 없는⋯⋯"

"그런가? 꽤나 먹는 걸 자제하는데도 이 모양이니⋯⋯ 타고난 체질을 개선해야 한다는데, 그러기가 쉽지 않아."

그는 펑퍼짐한 몸집을 내려다보며 짧은 목을 끄덕거렸다.

"먹는 걸 자제한다면서 생선회를 먹겠다고 이곳까지 내려온 건, 또 뭔가?"

나는 기회를 놓치지 않고 그의 말을 되받았다. 아무리 생각해도 그가 이곳에 내려올 이유가 없었다. 나는 그의 전화를 받은 날부터 줄곧 생각을 모아 보았지만 그가 나를 찾아 이곳에 내려올 까닭이 짚이지 않았다.

"그동안 꽈배기만 먹고 살았나? 비비 꼬기는…… 그래, 자넨 청빈낙도라도 즐긴단 말인가?"

"그저 유유하지 못한 자적을 탓할 뿐이네."

"아직도 밴댕이 소갈머리하고는…… 어서 횟집이나 안내해. 우선 출출한 뱃속이나 달래놓고 봐야겠어."

대식은 약간 신경질적인 몸짓으로 손사래를 치고 밖으로 나갔다. 그가 나가자 운전기사는 승용차의 뒷문을 열고 정중하게 허리를 굽혔다.

그의 번들거리는 승용차에 내비친 약국의 전경은 몹시 초라했다. 나의 모습 또한 마찬가지였다. 괜한 마음까지 굴절되고 있는 것은 대학 시절, 그의 왕성한 탐식에 질렸던 기억의 잔상 때문이었다.

그는 엉거주춤 서 있는 나를 승용차의 뒷좌석에 밀치고 들어왔다. 잠시 우리 둘 사이엔 어색한 침묵이 흘렀다.

졸업한 지 13년, 그동안 서로의 대면이 열적을 만큼 적조했으므로 스쳐가듯 들른다 해도 동강난 국토의 끝에서 끝을 보는 거리여서 시공간이 아득한 그의 방문은 참으로 뜻밖이었다.

사흘 전 나는 그의 전화를 받고 어디에 두었는지도 모를 인체해부도를 찾기 위해 부산을 떨었는데, 그것은 학창시절에 겪은 하릴없는 궁상 때문이었다.

내가 인체의 무한궤도에 빠져든 것은 군대를 제대하고 복학했던 3학년 가을학기부터였다. 그때의 나는 한 치의 오차도 없는 시계추처럼 학교와 하숙집만을 오가는 것으로 찢어지게 가난한 궁기를 가리고 지냈다. 나이 든 복학생이라 쉽게 어울릴 친구도 없었지만 설령 있다 해도 그들과 함께 나눌 여유가 없었다. 그저 허구한 날 하숙방에 엎드려 인체해부도나 뒤적이며 지냈는데, 그것은 그만큼 무한한 우주였고, 흥미진진한 운행이었다.

인체해부도를 펼쳐놓으면 거기엔 바다 밑 같은 미답의 신비가 펼쳐지곤 했는데, 그 중에서도 가장 나를 설레게 하고 무궁무진한 상상력을 불러일으킨 것은 괄약근이었다. 더 정확히 말해 그것의 작용이었다.

입, 눈, 항문, 등의 공동장기가 밖으로 벌리고 있는 곳에 붙어 확대와 수축을 되풀이하는 괄약근의 작용은 여간 흥미로운 게 아니었다. 오므리고 싶으면 오므리고 깜박이고 싶으면 깜박이고 배설하고 싶으면 언제라도 벌어지는 괄약근은 무한한 우주로 잠입해 들어가는 관문처럼 느껴졌다.

나는 만날 그 심해의 비경을 들여다보며 킬킬거렸다. 어떤 날은

여자의 내밀한 곳에 도사린 괄약근의 작용을 상상으로 까발려 놓
고는 어찌할 바 모르는 발기를 수음으로 다스린 적도 있었다. 내
가 그런 자폐된 생활에서 벗어난 것은 4학년 초에 복학한 대식을
만나고부터였다.

대식과 나를 태운 승용차는 곧장 해변으로 달렸다. 차창 밖으로
스치는 바닷가는 늦은 봄의 기운이 나른하게 가라앉고 선착장을
끼고 도는 둑길에는 갯내음이 물비린내처럼 엉겨 있었다.

우리는 둑길이 끝나는 곳에서 차를 세우고 백사장으로 내려섰
다. 거기서부터 오목한 모래밭을 삼십 미터쯤 휘어 돌면 아름드리
해송 숲이 나오고 그 해송들 사이에는 대여섯 군데의 횟집들이 자
리해 있었다. 호리병의 목처럼 잘록한, 이 고장으로 들어오는 길
목이었다.

대식은 가쁜 숨을 몰아쉬며 자주 걸음을 멈추었다. 나는 앞장서
걸어가다 뒤처진 그를 기다리거나 뒤뚱거리는 그의 걸음을 뒤따라
걷거나 했다. 그것은 비만한 몸집과 깡마른 체구만큼이나 어울리
지 않는, 이질적인 동행이었다.

우리가 대학 4학년 초에 자취를 시작했을 때도 일치하는 것이라
곤 군대를 제대한 복학생이라는 것밖에 없었다. 그와 나는 아주
우연한 기회에 거처 문제가 맞아떨어져서 곧바로 공동생활에 들어
갔는데, 그즈음의 그는 퍽이나 잠이 많았고 나는 긴장성 불면증에
시달리고 있었다.

– 사람은 누구나 평생 잠자는 시간은 동일합니다.

K교수의 약물학 시간이었다. 그는 약물이 인체에 미치는 영향을, 그런 메커니즘을 엉뚱한 말로 풀어내는 강의를 하곤 했는데, 너무 단정적인 논리 같았다. 나는 강의실 뒷좌석에 앉아 있다가 불쑥 손을 들었다.

 ─교수님, 사람마다 잠자는 시간이 다르지 않다는, 그런 단언은 선뜻 납득이 가지 않습니다.

 나는 항변이라도 하듯 그렇게 말했다.

 ─여러분이 지금 자고 싶은 잠을 줄이고 공부하는 것은 노후에 편안한 잠을 길게 자기 위해섭니다. 이때 여러분이 자고 싶은 잠을 맘껏 잔다면 노후에 콜록콜록 기침이나 하는 불면의 밤을 피하기 어려울 테니까요.

 k교수는 아주 당연하다는 투로 말했다. 비약된 억지논리가 분명했지만 강의실은 우아, 하는 탄성이 터졌다.

 그때 졸업반이었던 우리들은 졸업 후에 있을 약사고시에 대비해 강의 외에도 강행군의 특강과 평가시험을 치르고 있었다. 나는 좋은 평점을 받기 위해 안간힘을 다했다. 하지만 대식의 공부는 오직 시험에 출제될 만한 예상문제를 뽑는 것이었다. 족집게로 뽑아낸 그것들도 암기는 해야 했지만 그것마저 그의 혼곤한 잠 속에 빠질 때가 허다했다. 그래도 그는 시험을 잘 치르고 있었다. 적중하는 날이면 나보다 시험을 잘 보았고 빗나간 날에도 내 앞자리를 선점한 그는 내가 시험지를 다 작성했다 싶으면 대담하게 시험지를 바꿔치기했다. 그럴 때마다 나는 백지상태인 그의 시험지를 채워

주곤 하였다.

  그럼에도 불구하고 그가 모든 과목의 시험을 잘 치르는 것은 아니었다. 그에게도 되게 운수 나쁜 날이 더러 있었다. 내 앞자리를 차지했지만 그를 눈여긴 감독교수의 눈초리가 매섭거나 족집게로 적중은 했지만 그의 잠 속에 빠져 버린 날의 시험은 죽을 쑤기 마련이었다.

  그런 날이면 그는 게걸스럽게 먹어댔다. 자취방에 들어서기가 무섭게 생쌀, 생라면을 가리지 않고 마구 씹어 넘겼고, 밥은 밥대로 평소보다 배가 넘는 양을 꾸역꾸역 밀어 넣었다. 그럴 때마다 나는 그의 엄청난 식성이 구순애적 욕망일지도 모른다는 생각이 들어 보상행동을 대신하는 괄약근을 떠올리고는 몰래 킬킬거리곤 하였다.

  나는 쿡쿡 치미는 웃음을 눌러 참았다. 그가 모래밭을 어기적거리며 걸음을 옮길 때마다 한쪽으로 쏠리곤 하는 엉덩이 살이 볼수록 가관이었기 때문이다. 그는 푹푹 빠지는 모래밭을 걷느라 애를 먹고 있었다. 한쪽 발을 뗐다 싶으면 다른 쪽은 또 그만큼 빠져 있기 마련이어서 불과 이십여 미터를 걸었을 뿐인데도 짜증기가 배인 얼굴은 끈적한 진땀으로 번들거렸다.

  "약국과 도매상은 여전히 잘 되나?"

  나는 연해 말을 건넸다. 그러저러한 것들을 집적거려 그의 흉중에 도사린 무언가를 끄집어내고도 싶었지만 괜한 말꼬리를 물고 늘어져 비아냥거리고 싶은 충동 또한 적지 않았다.

"그냥 손을 놓지 못해 하는 꼴이지. 높아진 인건비에 제세공과금이다, 뭐다 해서 전과 같질 않아."

그는 가쁜 숨을 몰아쉬며 엄살 섞인 너스레를 떨었다.

"그래서 병원까지 짓는 건가?"

나는 몇 달 전 의약신문에 실린 기사가 생각나서 되짚어 물었다. 그가 준종합병원을 설립하기 위해 동분서주하고 있다는 내용이었다. 그는 걸음을 멈추고 긍정도 부정도 아닌 눈길로 나를 쏘아보았다.

"이제 약만으론 양이 차지 않나 보지?"

나는 그의 눈길을 어물쩍 되넘기며 느물거리는 말꼬리를 놓지 않았다.

"내뱉는 말마다 꼬는 투하고는…… 크크킁."

대식은 신경질적으로 화살코를 킁킁대며 투덜거렸다.

킁킁대는 것은 그의 오래된 버릇이었다. 그는 허기가 지거나 곤란한 경우와 맞닥뜨리면 콧구멍을 크게 벌리고 불규칙적으로 숨을 쉬는 버릇이 있었다. 졸업할 무렵 그의 그런 버릇은 눈에 띄게 잦아졌다.

그즈음 약사고시를 끝낸 동료들은 새로운 출발에 대한 기대감으로 조금씩 들떠 있었는데, 대식과 나는 서로의 얼굴에서 묻어나는 초조감을 감출 수 없었다. 그는 약사고시 합격이 영 불안하다는 눈치였다. 나 또한 약국개업은 엄두도 못 내고 취직을 서둘렀는데 그것 또한 바라고 기대한 만큼 쉽게 쥐어지지 않았다.

졸업을 며칠 앞둔 어느 날, 약학대학 게시판에는 약사고시 합격자명단이 부착되고 높은 합격률을 자랑하는 현수막이 내걸렸지만 안타깝게도 배대식의 이름은 없었다. 나는 남의 일 같지 않은 그의 낙방이 너무 딱해서 소주 한 병을 사 들고 자취방에 들었는데, 그는 불도 켜지 않은 어둑한 방에 홀로 앉아 끓인 라면을 양은솥째 붙안고 먹고 있었다.

"몇 개 끓였어?"

나는 끓인 라면의 양이 하도 엄청나서 물었다.

"일곱 개."

그는 화살코를 킁킁대며 말했다.

"일곱 개나!"

그는 나의 놀람에 계면쩍은 웃음을 흘렸지만 라면을 넘기는 입노릇은 잠시도 멈추지 않았다. 나는 지레 질린 입맛으로 라면가락을 낚시질하듯 건져 올리다 말았는데 그는 무소불식으로 그 많은 라면의 양을 말끔히 먹어치우는 것이었다. 나는 어기적거리며 모래밭을 걸어가는 그의 뒷모습을 바라보면서 그날 그 탐식을 떠올렸다.

"아따, 설 약사님이 횟집에 오는 날도 있구면요. 참말로 오늘은 해가 동쪽으로 질란가 모르겠소."

언제 그곳에 왔는지 오토바이를 탄 허천병이 나를 보고 알은 체를 했다. 아까 대식이 오는 바람에 슬그머니 약국을 빠져나갔던 그는 볼 때마다 성가시게 들러붙고 끈질기게 치근덕거렸다.

만날 하는 일 없이 어칠거리다가 시비를 일삼고 도박판을 벌여 어부들의 등을 치거나 걸핏하면 술주정에 싸움질이던 그는 이곳 포구가 외지인들로 붐비자 잽싸게 땅을 잡아 넘기는 거간꾼이 되었다. 그는 어리숭한 토박이들을 어르고 구슬러 이미 여럿의 땅을 날것으로 되넘겼다.

"서울에서 내려온 친구가 이곳 생선회를 먹고 싶다고 해서……"

나는 귀찮게 구는 허천병을 한눈에 할기며 말했다.

"그라면 저기 조금나루로 가시씨요. 지가 지금 사무실에 나갈 일이 아니면 같이 모시겠는디."

외지인의 현지 고용인 노릇도 하고 있는 그는 조금나루 횟집을 가리키고는 무슨 큰 건수라도 걸렸는지 오토바이를 몰아 휭하니 내달았다.

"저쪽으로 난 길도 있었구먼."

대식은 볼멘소리로 툴툴거렸다. 좋게 놓인 솔밭길을 놔두고 왜 걷기 힘든 모래밭으로 데리고 왔느냐는 거였다. 그는 내가 내민 손을 붙잡고 해송 숲의 둔덕길로 올라섰다.

약사면허증을 취득하지 못한 대식은 졸업하자 곧바로 상경하였다. 소비가 미덕이라는 생소한 말이 횡행할 때였다. 덩달아 물가는 천정부지로 뛰어올랐다. 안 오른다, 안 올리겠다고 했지만 누구도 오르는 물가를 따라잡지 못했다. 그때 당시 한밑천 잡은 사람들의 내력이 대개 그러하듯 배대식도 약국이 아닌 부동산에 손을 대 큰돈을 벌었다는 소문이 파다했다.

"약사님이 여기까지 어쩐 일이라우?"

물바위 횟집 아주머니가 송림 사이로 들어서는 나를 알아보고는 한 발 앞서 뛰어나와 우리를 맞았다.

"멀리서 친구가 찾아와서요."

나는 그녀의 호들갑스런 손님맞이가 주변의 부담으로 와 닿아 목소리를 낮췄다. 그렇잖아도 군데군데 자리한 다른 횟집들의 시선이 마음에 걸리던 참이었다. 이럴 때는 좁은 지역 낯익은 얼굴들이 여간 거북한 게 아니었다.

"아줌마, 이거 오래된 고기, 아니지요?"

수족관 속을 들여다보던 대식이 그렇게 물었다. 무심코 내던진 그의 말은 괜한 견제를 하다 빠져버린 야구공처럼 혼잣말로 굴러갔다. 살아서 수족관 속이 좁다고 쉴 새 없이 움직이는 활어가 오래되면 어떻다는 건가.

"그런 염려는 마시씨요. 요새는 그날그날 잽힌 고기도 한참 물량이 딸리는 형편인께요. 그것들은 어젯밤 주낙에 걸린 것들 중에서 팔팔 뛰는 놈만 넣어둔 것인께, 드셔 보면 알꺼시요."

아주머니는 대식의 말을 능청스럽게 맞받았다.

"회나 좀 맛있게 차려 주세요."

"그라고 말고라우. 지가 싸게 해 올릴 텐께 어서 저쪽 평상으로 오르시오잉."

아주머니는 정이 뚝뚝 듣는 목소리로 수선을 피웠다. 우리는 수족관 속을 유영하는 큼직한 활어를 손가락으로 가리키고 평상 위에 걸터앉았다.

　아름드리 방풍림이 늘어선 바닷가는 썰물이었다. 바닷물이 밀려나간 개펄은 번들거리는 검은 등을 드러내고 멀리 보이는 작은 섬들은 푸른 게딱지처럼 엎드려 있었다.

　"안녕하세요. 미스 홍이에요."

　평상 옆 천막 안에서 한 아가씨가 나오더니 우리 곁으로 다가와 인사를 했다. 가끔 약국에 들르는 아가씨였다. 의식적으로 주위를 살펴보니 여기저기 자리한 횟집에도 젊은 아가씨들이 얼씬거렸다. 그리고 보니 그들은 나의 약국에서 그러저런 약들을 지어가곤 하는, 그리 낯설지 않는 얼굴들이었다.

　"주낙이 뭐지?"

　대식은 홍 양과 어우러지다 말고 별안간 물었다.

　"그건 한꺼번에 여러 마리 고기를 잡는 낚시질이지. 정말 미련한 게 고긴가 봐. 자기 동료가 낚시에 걸려 발버둥치는 것을 보면서도 바로 옆에 달린 낚싯밥을 탐내는 걸 보면……"

　나는 구부정한 가슴을 펴고 그의 탐식을 빗대어 말했다.

　"으음, 그런 낚시질도 있었어?"

　대식은 홍 양의 허리에 감았던 손을 풀고 고개를 끄덕이더니 만사가 귀찮다는 몸짓으로 벌러덩 뒤로 누웠다. 몹시 허기지고 지친 표정이었다. 나는 회를 뜨는 주방 쪽을 연해 건너다보았다.

　지나간 일이지만 졸업할 무렵 나는 줄곧 풀이 죽어 지냈다. 자본금이 넉넉지 못한 형편이라 도시의 그 흔한 약국들 사이에서 그들과 견줄 자신도 없었고, 어차피 질 싸움에 끼어들고 싶지도 않았다. 결국 나는 고향이 지척인 이곳 무의촌으로 내려와 지금의 자리에 약국을 열었다.

그러나 개업한 자리부터 말썽이었다. 구식 기와집을 개조해 진열장과 부대시설을 들여놓았는데 궁둥이를 돌려세우기도 힘들 만큼 협소했다. 어쩔 수 없이 도로변으로 반 발 정도 가게를 늘려 진열장을 부착했다. 그런데, 그게 군청 건축계 직원들이 이곳에 가끔 출장 나오는 명목이 되었다.

개업 초, 나는 매상에 연연하지 않았다. 어쩌면 이곳 유일의 의약업소라 그럴 필요조차 없었는지 모른다. 나는 주민들의 아픔을 핍진하게 받아들이고 최선을 다해 약을 지었다.

어느 땐 그게 지나쳐 억울한 누명을 쓰기도 했다. 한 선주가 과로와 폭음으로 쓰러진 떠돌이 어부를 데리고 왔을 때 어서 병원으로 데려갈 것을 권했지만 하도 딱한 처지를 하소연하기에 약을 지어주었다. 그런데 그게 화근이었다. 간단없는 음주로 간농양증이 악화되자 어부는 약이 잘못되어 그리 된 거라며 나를 걸고 넘어졌다. 나는 가타부타 말없이 그의 입원비를 대주었다. 선주는 일이 그 지경에 이르자 나 몰라라 발을 뺐다.

그렇지만 대다수의 주민들은 나를 믿고 따라주었다. 찾는 이도 꾸준하게 늘었다. 좁은 지역의 한정된 인구는 거기가 거기였지만 그럼에도 나는 별로 개의치 않았다. 그즈음의 나는 크게 부족한 것도 없었고 가난하지도 않았다. 오히려 나의 직업에 대한 긍지와 보람으로 충만해 있었다. 그러나 지금은 그런 주민들도 하나둘 떠나가고 약국의 매상도 곤두박질친 지 오래였다. 팔리는 약이라곤 숙취로 보대끼는 속을 달래거나 피로를 회복하는 드링크 류가 고작이었다.

"이것은 약사 선상님께 특별히 드리는 써비스여라우."

물바위 횟집 아주머니는 우리가 시킨 것 외에 한 접시의 홍어회를 올려놓고 수더분한 웃음을 지어 보였다.

대식은 아무 말도 하지 않았다. 그는 젓가락을 집어 들기가 무섭게 거침없이 먹어댔다. 여러 날 굶주린 사람처럼 허겁지겁 퍼넣었다. 그는 두꺼비 파리 채듯 생선회와 홍어회를 먹어치우고 잇따라 생선회를 주문했다.

처음에는 곱게 칼질되어 나오던 것이 한량없는 식성의 재촉으로 점차 투박하게 썰어져 올라왔다. 나중에는 껍질도 제대로 벗기지 않고 듬성듬성 잘려 접시에 내온 생선회는 그대로 살아 있는 토막이었다.

"약품 구입과 납품관계로 여기저기 어울리다 보니 술만 늘어버렸어. 흐허허……"

그는 게걸스런 식성이 조금은 겸연쩍은지 간간이 헛웃음을 치면서도 생선회를 삼키는 입노릇은 잠시도 멈추지 않았다. 대여섯 접시의 생선회를 집어삼킨 그의 얼굴은 반지르르한 기름기가 번져 흘렀다.

"어디 술만 늘었겠어. 쓸데없는 먹이통과 불필요한 자루까지 죄다 늘었겠지.”

나는 거침없는 그의 식성에 질려 내뱉듯이 비아냥거렸다.

“말끝마다 톡톡 쏘는 투하고는…… 크크큭. 그나저나 이렇게 맛있는 생선회는 난생 처음이야. 옛날 임금님께 올렸다는 진상품 못지않구먼.”

“웬만큼 먹어 두게.”

나는 사뭇 나무라는 투로 그의 폭식을 염려했다.

“본래 먹고 싶은 음식은 탈도 나지 않는 법이야. 괜찮아. 이 정도의 양은……”

대식은 질펀하게 앉은 채로 쉴 새 없이 먹어댔다.

그의 몸처럼 살이 찌면 반듯하게 앉기도 힘이 드는 모양이다. 그는 두 발을 내뻗고 비스듬히 기운 자세로 거푸 술잔을 비웠는데, 불거진 그의 뱃가죽은 밀가루반죽을 차지게 빚어 놓은 것처럼 옆으로 비어져 쏠려 있었다.

나도 그만 취흥이 올라 그가 따라주는 술을 마다하지 않고 함께 종잡을 수 없는 이야기를 들까불며 껄껄거렸다. 그가 슬슬 내 비위를 맞추기도 했지만 급하게 오른 술이 내 의식의 뾰족한 끝을 흐물흐물 뭉개놓고 있었다.

우리들의 이야기는 시간이 갈수록 적당히 의기투합하고 있었다. 그쯤이었다. 대식이 벗어놓은 상의 안주머니에서 몇 겹으로 접힌 종이 한 장을 꺼냈다. 그는 그것을 평상 위에 펼치더니 뭉툭한 손가락으로 한곳을 콕 짚었다. 그의 검지가 가리킨 곳은 호리병의 목처럼 잘록한, 지적도상의 땅이었다.

"사실 나, 이곳의 땅을 좀 보러 왔어. 흐허허……"

대식은 화살코를 킁킁거리며 호방하게 웃었다. 취한 술기운이 싹 가셨다. 그렇잖아도 오늘 약국에 들른 허천병은 여느 때와 달리 입맛을 쩍쩍 다시며 집요하게 집적거렸다. 그리고 며칠 전에 들른 군청 건축계 과장도 은근한 말로 땅의 매도를 부추겼다.

"약사님도 이제 도시로 나가 좋은 자리 잡아야지요. 선산 또한 미연에 풍수 좋은 터를 잡아 옮기는 것도 현명한 처사라고 생각합니다만……"

그는 도로 쪽으로 늘린 진열장을 바라보며 그렇게 말했다.

나는 대식의 전화를 받고 그쪽으로 생각이 짚이지 않은 것도 아니었지만 설마 그가 이곳까지 땅을 사러 오랴 싶었다. 종로통의 대형약국과 도매상을 소유한, 더욱이 준종합병원을 설립하기 위해 동분서주하고 있는 그가 아무리 땅 투기가 일었다 해도 이토록 외진 땅을 뭐가 부족해 사러 올 것인가. 나는 부러 그 생각만은 지우려 애썼다.

"얼마쯤 살 건데?"

나는 그의 의중을 더 들여다볼 요량으로 물었다.

"다다익선이지, 뭐. 하지만 이쪽의 땅을 우선적으로 샀으면 좋겠어."

이번에는 선착장 쪽으로 길게 뻗은 도로변의 땅을 가리켰다. 그쪽은 어느 자산가가 골프장을 건설하려고 야금야금 땅을 매입하다가 몇 사람이 팔지 않겠다고 버티는 바람에 공사계획을 진척시키지 못하는 곳이었다.

"이쪽은 이미 살 만한 땅이 없는데?"

"그래서 자네 얼굴 덕 좀 보자는 게 아닌가. 자네도 이쪽에 땅이 상당하더구먼."

대식은 나와 손을 맞잡을 수 있겠다고 생각했는지 가감 없는 속내를 술술 털어놨다. 그쪽엔 선대로 내려오는 문중의 땅이 내 앞으로 삼천 평가량 등재되어 있었다. 그것까지 훤히 꿰고 있는 걸 보면 그는 분명 이곳의 누군가와 긴밀한 연락이 닿는 것 같았다.

문중에서도 토지수용령이 내릴지 모른다는 낭설에 속아 성급하게 전답을 넘긴 사람들이 적지 않았다. 그들은 어차피 선산을 옮길 바에야 이 기회에 팔아야 하는 것 아니냐며 득달같이 따지곤 했지만 먼저 판 땅값이 곱으로 치솟자 가슴에 불을 담고 있는 형편이었다.

"되도록 여러 사람들 뜻에 따르도록 하세요. 혼자 고집 부린다고 되는 일도 아니잖아요."

아내는 문중의 사람들과 마찰을 빚을 때마다 다분히 그쪽의 편을 들어 채근했다.

"여긴 내 조상의 뼈가 묻힌 곳이야. 저들이 치는 장단대로 놀아날 순 없어."

"문중의 땅만 붙들고 있으면 이곳이 그대로 지켜질 것 같아요. 그런다고 개발이 중단되는 것도 아닐 테고……"

아내는 대세를 따르라고 했다. 어찌 보면 당연한 말이었다. 서로 말은 없었지만 부쩍 자란 아이들의 교육문제가 코앞에 다가와 있었다.

"협조 좀 해주게. 그만한 사례는 잊지 않겠네. 어떤가? 자네의 땅은 현시세에 웃돈을 얹고 개발이익금의 일부를 주면……"

대식은 나에게 바짝 다가와 속삭였다. 미스 홍의 젖가슴을 어루만지듯이 은밀하게 꼬드겼다. 애써 누르고 있던 불쾌한 감정이 울컥 치밀고 올라왔다.

"결국 자네는 이곳의 땅을 만나러 온 셈이군. 그렇담 이 땅에 엎드려 고사나 지낼 일이지 뭣 땜에 나를 찾은 거지? 그 알량한 돈 좀 자랑해 보겠다, 이거야?"

나는 낮술에 달아오른 눈을 꼿꼿하게 세우고 쏘아붙였다.

"이 사람, 이거 서운하게 생각하긴…… 내 말이 고깝게 들렸다면 사과하겠네. 하지만 자네가 얼마나 보고 싶었는지 알아? 우연찮게 그러저러 찾아오긴 했지만 너무 비약하여 왜곡하진 말게."

대식은 한 발 뒤로 물러나 내 약한 비위를 쓰다듬었다. 넌지시 대학시절 옛정까지 내비쳤다.

"난 자네가 이곳의 땅을 사든 말든 괘념치 않겠네. 하지만 나를 끌어들일 생각은 아예 말게."

술김에도 사적인 일에 너무 함부로 포악했다 싶어 목소리를 낮췄지만 나의 뜻만은 분명하게 밝혔다. 그것은 나 자신보다도 뜻을 함께한 사람들의 입장을 내세운 것이었다.

하지만 그들 또한 내가 땅을 팔아라, 부추긴다 해도 결코 넘어갈 것 같지 않았다. 가만히 놔두어도 값이 오르는 땅을 뭐가 아쉬워 서둘러 팔 것인가. 그들은 뜻을 같이한 처음과는 달리 계속 오르는 땅값 때문에 더 단단한 동조를 하고 있는지 몰랐다.

"오늘밤은 저 모텔에서 묵어가지 그래?"

나는 머쓱한 분위기를 누그러뜨리려고 홍 양의 허리에 감긴 대식의 팔을 보고 농을 쳤다. 송림이 우거진 바닷가 언덕에 모텔이 들어선 것은 지난해였다. 잽싸게 외지인의 수요를 겨냥하고 주조장을 하는 곽 씨가 지은 것이었다.

"오랜만에 멀리서 온 친구를 저런 데서 재울 텐가? 오늘은 자네 집에서 하룻밤 묵어가겠네."

대식은 이내 굳은 얼굴을 허물어뜨렸지만 이미 탁한 속내가 드러난 뒤였다. 그가 정작 나를 찾아왔다 하더라도 나를 빌려 이곳의 땅을 사러 온 것만은 부인할 수 없는 사실이었다.

이제 이곳의 땅 매매는 너나없이 속고 속이는 속임수의 경쟁이었다. 자고 일어나면 해안일대의 야산이 팔리고, 산잔등에 누운 밭떼기가 넘어갔고, 구릉에 엎드린 논배미가 주인을 달리했다. 그러고도 땅이 팔렸다. 먼저 떴다 간 외지인이 썰물처럼 빠져나가면 또 다른 외지인이 밀물처럼 몰려와 진을 쳤다.

땅을 팔아야 한다. 팔지 않으면 안 된다. 결국엔 팔 수밖에 없을 것이다. 밤마다 이곳 포구의 밤은 온갖 말들이 난무했다. 밤늦게까지 다방과 술집이 흥청거렸고 때 아닌 민박집도 호황을 누렸다.

그것은 거간꾼들이 꾸민 농간이고 루머였지만 주민들은 그들이 치는 장단에 어깨춤을 들썩이는 추임새로 놀아났다. 그러나 그게 저만큼 뛰어 굴러다닐 때는 강 건너 불을 구경하는 꼴이었다.

　내가 갈지자걸음으로 횟집을 나선 것은 해변에 어스름이 짙게 깔릴 무렵이었다. 대식과 나는 서로의 어깨를 동무하고 백사장 둔덕길을 비칠거리며 걸었다. 어디쯤에선 꼬부라진 유행가를 목청껏 부르다가 발을 헛디뎌 함께 주저앉기도 했다. 그런 고주망태의 걸음걸이로 어떻게 집에까지 돌아왔는지 모른다. 대식과 나는 방문턱을 기어 넘듯 그대로 까라지고 말았는데, 나는 그런 취중에도 횡설수설 많은 이야기를 뇌까린 듯싶다.

　그렇게 곯아떨어진 상태로 얼마나 보대끼며 잠을 잤는지, 내가 목구멍까지 차오르는 구토증을 참지 못하고 일어났을 때 방안엔 환한 불이 켜져 있었다. 옆에 누워 있어야 할 대식은 보이지 않았다. 문득 그가 몹시 취해 쓰러진 나를 두고 떠나갔는지도 모른다는 생각이 들었다.

　나는 입 안 가득 치민 구토증을 손바닥으로 가리고 급히 화장실로 뛰어들었다. 화장실에도 불이 환했다. 대식은 거기 앉아 있었다. 수도꼭지를 틀어놓은 것 같은 설사를 내쏟으며 앉아 있었다.

　나는 와그르르 토해냈다. 나중에는 넘어올 듯 말 듯한 것까지 목구멍에 손가락을 집어넣고 울컥울컥 게워냈다. 귓속이 먹먹하고 눈알이 빠질 듯했다. 나는 바가지로 물을 떠서 입 안을 헹구고

연거푸 머리에 퍼부으며 도리질을 쳤지만 몽롱한 술기운은 쉽게 떨쳐지지 않았다. 내가 비척걸음으로 방안에 들어갔을 때 대식은 엉거주춤한 자세로 서 있었다.

"왜 그렇게 서 있어?"

"식중독인가 봐. 벌써 몇 번째 화장실행인지 모르겠어."

"진즉에 깨우지 그랬어. 약을 먹으면 금방 좋아질 텐데……"

나는 약국으로 통하는 쪽문을 열고 조제실의 불을 밝혔다. 순간 형형색색의 약들이 빙글빙글 돌았다. 우선 나는 나에게 필요한 약을 먹었다. 그리고 지사제와 소화제, 간장약 등을 챙겨들고 급히 방에 들었다. 대식은 여전히 엉버티고 서 있었다.

"이상하단 말야. 설사하는 것은 그런대로 참겠는데, 이렇듯 항문 속이 콕콕 쑤셔 앉지를 못하겠으니……"

대식은 잔뜩 찡그린 얼굴로 고개를 갸웃거렸다.

"언제부터 그런 거야?

"몇 번 화장실을 들락거린 후부터야."

그는 통증이 몰려오는지 질끈 눈을 감았다.

"치질은 아닐 테고?"

내가 묻자 그는 두 눈을 감은 채로 고개를 가로저었다. 식중독이면 토하고 설사하고 간혹 발진이 돋는 게 상례였는데, 저렇듯 항문 속의 통증을 호소하는 것은 참으로 생게망게한 일이었다.

그는 다리를 엉벌리고 엉덩이를 뒤로 뺀 자세로 펄쩍펄쩍 뛰었다. 그대로 놔둬서는 안 되겠다 싶었다. 나는 다시 약국으로 나가

과용량의 진통제를 유발에 넣고 들들 갈았다. 우선 진통제나 복용시키고 상태를 관찰해 볼 셈이었다. 그런데 그도 내 뒤를 따라 들어와 독극약이 표시되어 잠긴 서랍을 마구 잡아 흔들었다.

"뭘 찾는 거야?"

나는 유발에 간 진통제를 약포지에 싸다 말고 물었다.

"최고로 강한 진통제가 어디 있어? 마약성 진통제 같은……"

그는 급히 고개를 돌려 나를 쳐다보았다. 내가 말없이 유발에 간 약을 내밀자 그는 단숨에 가루약을 털어 넣고 드링크를 마셨다.

진통제를 복용했음에도 불구하고 대식은 여전히 두 손으로 엉덩이를 감싸고 모로 쓰러진 채 신음했다. 나는 쓰디쓴 담배를 피워물었다. 어서 빨리 통증이 가라앉기를 바라며 애꿎은 담배연기만 뻐끔거렸다.

"좀 나아지지 않았어?"

얼마간 시간이 흐른 뒤, 나는 쓰린 속을 문지르며 입에 발린 말로 물었다.

"배가 뒤틀리고 설사하는 것은 괜찮아진 것 같은데, 항문 속은 갈수록 더 콕콕 쑤시니, 이게 무슨 증상이지?"

이제 그의 표정은 공포의 빛마저 역력했고 이마에는 끈끈한 땀이 진득하게 배어 있었다. 예삿일이 아니었다.

나의 약국이 유일한 의약업소인 이곳은 무의촌이었다. 교통은 몇 대의 버스가 조석으로 왕래했지만 그것마저 궂은 날씨에는 무시로 운행을 멈췄다. 그러나 그에게는 여기까지 몰고 온 승용차가 있었다. 얼른 장터거리 민박집에 투숙한 운전사를 깨워야 했다. 지금부터 서둘러 M시의 병원으로 달린다 해도 새벽녘에야 그곳에 도착할 것이었다.

"미안하지만 항문 속에 무엇이 꼭 박힌 것 같으니까 한번 봐 주겠나?"

대식은 밖으로 나가려는 나를 불러 세웠다. 심한 통증 때문인지 까맣게 번들거리는 그의 눈은 강한 호소력을 담고 있었다. 내가 고개를 끄덕이자 그는 바지를 벗어 무릎 근처까지 내리고 허리를 구부려 엉덩이를 하늘로 향한 자세를 취했다.

속옷은 지린 물찌똥에 젖어 있었고 항문은 그 동안의 심한 설사로 인해 삐져나올 듯이 부풀어 있었다. 나는 핀셋으로 몇 차례 항문 속을 벌려 보았지만 실룩거리며 수축하는 직장의 괄약근 때문에 아무 것도 보이지 않았다. 그럴 때마다 그는 당장이라도 넘어갈 듯한 비명을 내지르며 바지를 추슬러 잡고 발을 동동 굴렀다.

무엇이 있긴 있는 모양이었다. 나는 다시 그를 엎드리게 한 뒤 핀셋을 슬그머니 넣어 확 벌려 보았다. 무엇이 반짝 보였다가 이내 수축된 괄약근 속으로 숨어버렸다. 얼핏 보았지만 그것은 하얗고 뾰족한 쇠붙이 같았다. 그것이 직장의 괄약근에 박혀 오므라들 때마다 심한 통증을 느끼는 모양이었다.

그러나 그것을 빼내는 것은 생각보다 쉽지 않았다. 나는 핀셋으로 그것을 뽑아내기 위해 몇 차례 더 시도해 보았지만 모두 실패했다. 핀셋을 항문에 넣고 벌릴 때마다 괄약근의 수축력은 핀셋을 빨아들일 만큼이나 강해서 나는 도저히 그것을 끄집어낼 수가 없었다.

"안 되겠어. 어서 빨리 병원으로 가야겠어."

역부족임을 느낀 나는 바람 빠진 풍선처럼 말했다.

"뭐가 있는데 그러는 거지?"

대식은 그 흉한 자세를 바로 허물지 못하고 진땀으로 번들거리는 얼굴을 들어 나를 올려다보았다.

"괄약근에 낚시 바늘이 박혀 있는 거야!"

나는 냅다 소리쳤다.

"뭐라고? 낚시 바늘이라고? 그 망할 놈의 횟집이 회를 어떻게 떴기에……"

"그건 횟집만의 잘못이 아니야. 씹지도 않고 삼키는 자네의 식성이 문제지."

"그나저나 그 쪼그만 것이 나를 이토록 괴롭힌단 말이지? 그렇게나 작고 쪼그만 것이……"

방바닥에 쓰러진 대식은 허리를 활처럼 구부리고 웅얼거렸다. 나는 그가 일정한 간격을 두고 몸부림을 칠 때마다 설사와 함께 장을 타고 내리다가 직장의 괄약근에 걸린 낚싯바늘이 어른거려 쓴웃음을 지었다.

나는 한밤중에 운전사를 깨워 대식을 차에 싣고 M시로 향했다. 급하게 운전사를 다그친 탓인지 승용차는 울퉁불퉁한 비포장도로를 아랑곳하지 않고 마구 달렸다. 대식은 차가 덜컹거리며 뜀박질을 할 때마다 모진 악을 쓰며 자지러졌지만 한시라도 빨리 낚싯바늘을 빼내기 위해서는 어쩔 도리가 없었다.

승용차는 호리병의 목처럼 가느다란, 이 고장으로 들어오는 길목을 쏜살같이 빠져나가고 있었다.

아버지의 기침 소리

어렴풋한 잠결 너머로 간헐적인 기침 소리가 들렸다. 그것은 여러 개의 돌덩이가 깊은 굴로 떨어져 되울려 나오는 소리처럼 어둔 새벽 정적을 쿵쿵 울려댔다. 미례는 눅진하게 엉기는 잠기운을 떨치고 일어났다.

아버지는 어젯밤에도 과음한 모양이었다. 가쁜 천식까지 도진 요즈음, 술을 마시면 저렇듯 고통스런 새벽을 맞이하면서도 오랜 세월 뼛속까지 스민 한을 삭이지 못하고 밤마다 폭음하기 일쑤였다. 그리고 그것은 버스정류장을 서성이는 뒷모습과 함께 아버지의 표징이 된 지 오래였다.

기침 소리는 어느덧 멎어 있었다. 아마도 머리맡에 둔 됫병의 소주를 사발에 따라 넘겼으리라. 그칠 새 없이 터져 나오는 기침을 가라앉히기 위해, 끈끈한 가래를 뱉어내기 위해 거푸 사발술을 들이켰는지도 모를 일이었다.

차차 외양간의 워낭소리가 들리고 대나무 이파리가 비비대기치는 소리도 귓가를 스쳤다. 미례는 일어나 앉은 채로 깜깜한 벽면을 바라보다가 몸뻬바지를 꿰고 일어섰다. 소 여물을 마련해 주고 두 마리 염소를 풀밭에 내다 매려면 더는 늑장을 부릴 수가 없었다. 사흘 남짓 돌보지 못한 비닐하우스도 둘러보고 아침을 준비하자면 늦은 감도 없지 않았다.

밖은 여느 때와 달리 어두침침했다. 어제 반짝 얼굴을 내민 해가 햇무리를 두르고 기운다 싶었는데 희붐한 새벽안개가 짙게 깔려 있었다.

희미한 윤곽을 더듬어 외양간의 문을 열자 흙벽에 달라붙은 담쟁이 잎에서 차디찬 이슬방울이 튀었다. 선뜩한 기운과 함께 퀴퀴한 두엄내가 물씬 코끝에 와 닿았다. 사람이 들어서는 기척에 놀란 박쥐들도 구석진 천정에서 찍찍거렸다.

외양간의 바닥은 발목까지 빠져들 쇠지랑물이 질척거렸다. 쇠죽을 끓이는 솥과 거무죽죽한 구유에도 흘린 여물과 지푸라기가 널려 있었다.

아버지는 그녀가 집을 떠나 있는 동안 쇠두엄을 쳐낼 생각도 못하고 켜켜로 볏짚만 깔아 준 모양이었다. 이틀이 멀다 하고 외양간을 단속하던 아버지가 요즘 들어 소의 뱃구레가 젖도록 내버려 두는 것은 그만큼 몸이 쇠약해진 탓이리라.

소는 머지않아 출산하게 될 만삭의 배를 퍼질러 놓고 우물우물 되새김질을 하고 있었다. 그녀는 구유 주위를 쓸고 여물을 퍼주는 사이에도 박쥐들이 숨을 죽이고 있는 보꾹을 날선 눈길로 흘겨보았다.

"피곤헐 턴디 뭐드러 이러코 일찍 일어났냐? 새벽 여물 주는 것이사 노상 내가 해 오던 것인디……"

두 마리 염소를 끄집고 나오자 허연 백발의 아버지가 희번한 미명 속에 서 있었다. 기침과 불면으로 해쓱한 얼굴은 눈자위만 불콰해서 맞바라보기가 민망했다.

"다른 건 몰라도 외양간 바닥만은 고쳐야겠어요."

그녀는 축축하게 젖은 소의 뱃구레로 눈길을 돌리며 말했다. 수많은 세월이 흐른 지금까지 서까래 하나일망정 옛 모습 그대로 간직하려는 아버지의 집착은 안타까움에 앞서 덧없는 느낌마저 들었다.

집 안 어디를 둘러봐도 바뀐 곳이라곤 없었다. 지금껏 그린벨트에 묶여 있는 마을의 정경도 그때 그 모습 그대로였다. 그렇지만 오빠는 끝내 돌아올 것 같지 않았다. 어지러운 혼란 중에 눈에 띄는 풍경이 낯설어 길을 잘못 들었거나 잃었을지도 모른다는 아버지의 바람은 차마 보기에도 딱했다.

"글씨 말이다. 고칠려면 쇠앙치 낳기 전에 손봐야 헐 것인디."

아버지는 한숨을 쉬며 말했다. 물만 쏟으면 분뇨가 쓸려나가도록 외양간 밖에다 쇠지랑탕을 파자고 해도 버럭 화부터 내던 때와는 사뭇 다른 어조였다.

"쇠두엄을 쳐내고 곧바로 일을 시작하는 게 좋겠어요."

미례는 아버지의 마음이 바뀔까 봐 뒤미처 다그쳤다.

"갈수록 힘이 부치니께 그러코라도 해야겠제. 내 지금 맘먹은 짐에 아랫마을 미장이한테 갔다 오마."

아버지는 말을 끝내기가 바쁘게 사립문을 나섰다. 무엇이나 일단 작심하면 저렇듯 일을 몰아치는 아버지가 아직껏 오빠의 문제를 매듭짓지 못하고 있는 것은 혈육에 맺힌 한이 너무 깊은 탓일까. 그녀는 고샅으로 멀어지는 아버지의 뒷모습을 오래도록 바라보았다. 구부정한 어깨에 드리운, 돌아오지 않는 자식에 대한 기다림이 손을 내밀면 금방이라도 잡힐 듯이 가슴에 와 닿았다.

이럴 땔수록 가만히 엎드려 있어야 명보존허는 것인디. 흉흉한 소문을 뒤쫓듯 수십 대의 군용차량과 장갑차가 마을 앞 도로를 점령한 것은 아버지가 오빠의 신변을 걱정하던 그 다음날 아침이었다.

대낮인데도 벌건 불을 켠 차량들이 광주에서 화순 쪽으로, 너릿재에서 광주로 무시로 질주했다. 광주에 가족을 둔 사람들은 너나없이 불안한 낯빛으로 마을 어귀 녹천교에 나가 서성거렸다. 이미 광주로 연결된 통신은 두절된 지 오래였고 모든 차는 오도 가도 못하고 묶여 있었다. 모두 발만 구를 뿐 도로를 차단하고 있는 군인들 때문에 한 발짝도 나아갈 수 없었다. 아버지는 그런 차단벽을 뚫고 옛길을 좇아 광주로 들어가다가 그나마 요행으로 막된 봉변만 당하고 돌아왔다.

아침부터 우중충하던 날씨는 한낮에 이르러 가느다란 이슬비를 흩뿌리기 시작했다. 아버지는 연해 잔기침을 쿨룩거렸다. 그녀는 아버지의 건강이 염려되어 못 다한 일은 내일로 미루자고 했지만 짬을 낼 수 없다는 미장이를 구슬려 일정을 잡았기 때문에 어떻게 든 빨리 일을 마쳐야 한다는 것이었다.

마지못해 아침나절 쳐낸 쇠두엄을 리어카에 담아 싣고 집밖의 야적장에 쌓아놓았다. 여자가 해내기엔 버거운 일이었지만 가쁜 숨을 몰아쉬는 아버지 때문에 힘겹다는 내색조차 할 수 없었다.

쇠두엄을 쳐내고 나자 아버지는 진 바닥에 볏짚을 깔고 마당에 매어 놓았던 소를 외양간에 들였다. 그리고 새 여물을 퍼주고 앉 아 여느 때와 다름없이 소의 되새김질을 바라보았다.

미례는 서둘러 손발을 씻고 부엌에 들었다. 쇠두엄을 쳐낼 때마 다 너무 힘에 겨운 나머지 당장 소를 내다 팔자는 말이 목구멍까지 치밀곤 했지만 소 돌보는 것이 유일한 낙인 아버지에게서 그 즐거 움마저 빼앗고 싶지 않았다. 소 옆에 쭈그려 앉은 아버지의 뒷모 습을 바라보면 어린 시절, 귀에 옹이가 앉도록 들어온 말들이 아 직도 귓가에 쟁쟁했다.

- 내꺼이 아녀도 들판에서 쟁기질허는 소를 보면 그러코 좋을 수가 없었어야. 이럇이럇 소를 모는 소리에도 어깨심이 절로 나곤 했슨께. 참말로 그때는 소 한 마리 키워 보는 것이 큰 소원이었제.

그 말끝에는 으레 이 장 저 장을 떠돌아다니던 이야기로 이어졌다. 쇠장의 말뚝을 옮겨 박거나 쇠똥 치우는 일로 배곯음을 면하던 아버지는 열여섯 나이에 소몰이를 시작했다고 한다. 소장수들의 소를 다음 장이 서는 쇠장까지 끌어다 주는 것이었지만 푼돈이나마 여툴 수 있는 즐거움으로 몇 십리 밤길도 무섭지 않았다는 것이었다. 그런 아버지가 어느덧 아들을 기다리다 지친 한이 서려 허옇게 병들어 가고 있었다.

— 그 야가 어떤 자석인디, 그러코 쉽게 죽을 야가 아녀.

언젠가 오빠의 유품을 치우자고 했을 때 아버지는 매서운 눈초리로 그녀의 경망함을 나무랐다. 아버지는 오빠에 관한 이야기만 나오면 산두(山斗) 장수를 보았다는 태몽의 현시까지 굳게 믿는 눈치였다.

— 나가 그 자석을 어치께 낳았는디. 사흘 밤낮을 누워 한 동이의 피는 쏟았을 꺼시여.

자리보전한 어머니도 연두색 담쟁이가 녹두색으로 짙어지는 오월이면 그때의 산고를 들추며 눈시울을 붉혔다.

어머니는 마을을 병풍처럼 에워싸고 있는 차일봉 아래 집을 짓고 이사한 바로 그해에 오빠를 잉태했다고 한다. 어머니는 그때의 이야기만 나오면 싸리울 너머 차일봉만 바라보는 눈빛에도 생기가 돌았다. 그러나 일곱 살 터울로 태어난 그녀가 그리는 오빠는 말수가 적고 눈매가 서글서글한 대학생의 모습이었다.

미례는 밥상을 치우고 방으로 들어가 까라지듯 몸을 눕혔다. 찌뿌둥한 피로가 몰려들었지만 잠은 오지 않았다. 그녀는 누운 채로 오빠의 책상을 바라보았다. 오빠가 초등학교에 들어갈 때 동네목수에게 맞췄다는 앉은뱅이책상은 지금도 그녀의 방 윗목에 놓여 있었다. 책상뿐만 아니라 오빠가 읽던 책들이 촘촘하게 꽂힌 책장이며 필통 속의 필기구까지 어느 것 하나 오빠의 체취가 묻어나지 않는 것이란 없었다. 책상 위의 탁상시계도 덧없이 흐르는 시간을 재며 째깍째깍 돌고 있었다.

– 어저께 밤에도 느그 오빠가 집으로 들어오는 것을 보았는디……

아버지는 매번 꿈을 꾸는 밤마다 사립문을 열고 들어오는 오빠를 본다는 것이었다. 그렇게 수많은 달이 가고 해가 바뀌는 동안 광주민주화운동의 참상은 날로 희미해졌지만 오빠를 기다리는 아버지의 마음은 늘 한결같았다. 지금도 해거름에 버스정류장을 서성거리는 아버지의 발걸음은 이곳으로 들어오는 막차를 놓친 적이 없었다.

미례는 난데없는 삽질 소리에 놀라 자리에서 일어났다. 더는 서늘해진 가슴으로 누워 있을 수도 없었다.

아버지는 들였던 소를 다시 마당에 매어 놓고 외양간의 바닥을 파고 있었다. 내일 콘크리트 치는 일을 쉽게 하기 위한 사전 작업인 것 같았다. 미례는 아버지의 손에 들린 삽을 낚아채듯 받아 들었다. 아버지는 짐짓 놓지 않으려 했지만 완강한 그녀의 몸짓에 밀린 체하며 삽을 내주었다.

"문영이는 좀 어떠드냐?"

아버지는 이마의 땀을 훔치며 물었다.

"전보다 많이 나아 보였어요."

그녀는 울퉁불퉁 도드라진 바닥에 삽날을 박으며 말했다.

문영 오빠의 휠체어를 밀고 참가한 이번 행사는 끝없는 추모의 행렬이 이어졌지만 불참을 선언한 아버지의 고집은 오열을 삼키는 가슴만큼이나 답답하고 먹먹했다. 못내 삽날을 튕기는 생땅처럼 모질고 딱딱한 것이 가슴에 복받쳤다.

진상규명은 훗날 역사에 맡기자는 특별담화에 크게 반발한 아버지는 관이 참여한 이번 추모제를 끝내 거부했다. 누가 어떤 목적으로 그런 살상을 자행했는가에 대한 진상이 밝혀지지 않고서는 그들과 함께할 수 없다는 것이었다. 더군다나 적지 않은 행불자의 소재가 드러나지 않은 지금, 도대체 누구와 화해하고 누구를 용서하느냐는 것이었다.

문민정부는 거듭 행불자의 신고를 받아들여 오빠를 사망자로 인정해 주었지만 아버지는 정부의 보상을 단호히 거부했다. 시신을 찾기 전에는 그 죽음마저 인정할 수 없다는 것이었다. 아버지의 그런 고집은 죽는 날까지 꺾일 것 같지 않았다.

외양간의 바닥은 여러 해 동안 소의 분뇨가 배어들어 거무칙칙했다. 그녀는 거무스름하게 변색된 땅바닥을 고르게 긁어 팠다. 그때였다.

딱, 따악.

뭔지 모를 단단한 물체가 삽 끝에 부딪쳤다. 그녀는 삽날을 세워 밟고 힘껏 내리눌렀다. 순간 찌익 하고 미끄러지는 마찰음이 울렸다. 머리끝이 쭈뼛했다. 쭈그리고 앉아 있던 아버지도 무춤 몸을 일으켰다.

삽 끝에 걸리는 대로 대충 윤곽을 잡아 여기저기 찔러 보았다. 생각보다 부피가 차지하는 면적이 넓었다. 내친 김에 그것의 테두리를 파헤치자 거뭇한 땅 밑으로 황토색 질그릇 같은 몸피가 보였다. 좀 더 깊이 파헤치자 장을 담글 때나 쓰는 옹기항아리가 모로 박혀 있었다. 미례는 왠지 모를 으스스함에 놀라 치켜든 삽 등으로 냅다 내리쳤다.

그것은 단번에 부서졌다. 아직도 손바닥에는 조금 전의 마찰음이 남아 있었는데 그것이 그렇게 쉽게 깨질 줄은 미처 몰랐다. 그녀는 깨진 옹기항아리 속을 들여다보았다.

"에구머니나!"

그녀는 삽을 내던지고 외양간을 뛰쳐나갔다.

"뭣 땀새 그러냐? 대체 그것이 뭐시간디……"

그녀가 뛰쳐나간 것과 아버지가 외양간 바닥으로 내려선 것은 거의 동시였는데, 아버지 또한 허옇게 질린 얼굴로 외양간을 빠져 나왔다.

깨진 옹기그릇 속으로 얼굴을 들이민 순간 그녀의 눈에 띈 것은 칙칙하게 뭉쳐진 머리칼과 뻥 뚫린 두 개의 눈이었다. 부르르 몸을 떨었다. 외양간 바닥에 드러난 깨진 옹관 속 허연 유골은 그만큼 섬뜩했다.

애당초 봉분이 없는 무덤이었는지, 봉분이 쓸려갔는지는 알 수 없는 일이었으나 아버지는 이곳이 묘지인 줄도 모르고 토담을 치고 외양간을 지었던 모양이었다.

"어인 일로 저런 유골이 누워 있당가!"

아버지는 어둑한 외양간 안을 건너다보며 낮게 중얼거렸다. 소판 전대를 배허리에 차고 어두운 밤길을 수없이 걸었던 아버지의 얼굴에도 두려운 기색이 역력했다.

— 밤길을 걷는 사람에게 젤로 무선 것이 뭐신지 아냐? 그건 길가의 초분도, 구신도 아니고 어두운 길모퉁이에서 불쑥 만나지는 사람인겨.

소 장사를 시작한 아버지는 홀로 밤길을 걸어 집에 돌아올 때마다 늘 그렇게 말하곤 했다. 하지만 그때의 그녀는 아버지의 말을 선뜻 이해할 수 없었다. 그러나 오빠를 잃은 슬픔을 겪어내는 동안 노회한 사람들의 인두겁과 맞닥뜨리면서 비로소 실감되었다. 무소불위로 군림하던 얼굴들이 청문회에 나와 갑자기 은신에 급급한 박쥐처럼 제 꼬리를 사리는 모습은 어떤 연민마저 자아내기에 충분했다. 그토록 잔인한 정권 탈취의 만행을 저질러 숱한 이들의 가슴에 피멍울이 들게 해 놓고 눈 하나 까닥하지 않는 뻔뻔함은 정말이지 하늘이 두렵고 치가 떨렸다.

"미례야. 내 후딱 장의사엘 댕겨올 텐께 니 어매허고 방안에 들어가 있거라이."

아버지는 헌 가마니로 깨진 옹관을 덮어 놓고 내빼듯이 사립문을 나섰다. 미례도 아버지를 따라나섰다. 오싹한 기운이 감도는 외양간에서 금방이라도 뻥 뚫린 두 눈이 뒤쫓아 나올 것만 같아 더는 집 안에 있고 싶지 않았다. 큰길로 내려간 아버지는 무천리 쪽을 향해 뛰다시피 걸었다.

아버지가 오빠를 찾아 저렇듯 황망히 집을 떠나던 날은 도청을 최후저지선으로 버티던 시민군이 공수특전단에 의해 진압되고 난 뒤였다. 곧장 하숙집으로 달려간 아버지는 오빠의 안위부터 물었는데, 하숙집 아주머니는 일주일 전에 누군가의 전화를 받고 나간 뒤 돌아오지 않는다는 것이었다.

반쯤 넋이 나간 아버지는 하숙집에 거처를 정하고 백방으로 수소문했지만 오빠의 종적은 찾을 길이 막연했다. 상무관에 누워 있는 신원불명의 시신도 확인하고 망월동 묘역까지 두루 찾아보았지만 그 어디에도 오빠는 없었다. 나중에는 행불자 가족들과 함께 시청으로 몰려가 시신이라도 찾을 수 있게 해 달라는 애원 섞인 신고도 했지만 그것 또한 한낱 억지절차에 지나지 않았다. 그즈음 광주에서 행불자를 찾는다는 것은 안개 낀 밤길만큼이나 어둡고 막막한 일이었다.

"그날 우리 야한테 전화한 사람이 누군지 모르겠소?"

아버지는 몇 번이고 하숙집 아주머니에게 되물었다. 짬짬이 더 생각해 보라고 다그쳤다. 그러나 대답은 늘 모른다는 말뿐이었다. 행방은커녕 오빠를 보았다는 사람조차 만날 수 없었던 아버지는 오빠의 사진을 확대해 목에 걸고 시내 곳곳을 헤매고 다녔다. 그것으로 인해 아버지는 어딘가에 끌려가 문초를 받기도 했지만 그런 것에 아랑곳없이 큰길과 골목을 가리지 않고 온 도시를 누비고 다녔다. 그때부터 오빠를 찾아 나서는 아버지의 발걸음은 막차가 도착하는 이곳 버스정류장까지 이어지고 있었다.

무천리 버스종점을 지나 외진 거리에 자리한 장의사는 궂은 날씨 때문인지 몹시 음침했다. 갈색 페인트칠이 너덜너덜 벗겨진 출입문을 열고 들어서자 층층이 쌓인 관들이 보이고, 그 관들을 뒤에 두고 앉은 노인이 부석부석한 실눈을 뜨고 우리를 맞았다. 한때 아버지와 소 장사를 하기도 했던 그리 낯설지 않은 노인이었다.

"아주 오래된 뫼가 분명헌디 어찌혀야 쓰것능가?"

자초지종을 늘어놓은 아버지는 무슨 잘못이라도 저지른 사람처럼 손바닥을 맞잡고 비손하듯 물었다.

"뼈를 태워 산천에 뿌리는 것이 젤로 무방헐 것이네. 이제 와서 유골의 후손을 찾을 수도 없는 일이고……"

노인은 불탄 건물의 기둥처럼 빈 앞니 사이로 쉰 듯한 목소리를 우물우물 뱉어 냈다. 별것도 아니라는 투로 파묘하는 절차며 뼈를 태우는 방법 등을 소상하게 일러주었다.

"그러면 벨일은 없것능가?"

"걱정도 망녕이구먼. 약간의 젯상이나 마련해서 혼백을 달래주면 천상에서도 고마워헐 것이네."

노인은 모처럼 누런 이를 드러내고 웃었다. 아버지는 노인의 그런 다짐에도 불구하고 꺼림칙한 표정을 허물지 못했다. 장의사를 나와 집으로 돌아오는 길에서도 사뭇 굳은 낯빛이었다.

어머니는 방문을 열어놓고 차일봉의 능선을 바라보며 앉아 있었다. 오빠의 행방불명이 알려지고부터 자리보전한 어머니는 여느 때와 달리 혼자만의 생각에 깊이 빠져 있는 모습이었다.

"느그 오빠도 어딘가에 저러코 묻혀 있을지도 모를 일인디."

좀체 말문조차 열지 않는 어머니가 목멘 목소리로 떠듬거렸다. 늘 먼 산을 바라보는 눈빛으로 한 가닥 감정의 기복도 드러내지 않는 어머니의 눈이 그렁그렁 젖어들고 있었다.

미례는 얼른 어머니를 끌어안고 아랫목에 눕혔다. 한이 맺힌 속내를 잠잠히 누르고 있다가도 한 번 타령조의 사설을 풀어내 놓으면 온 집안이 들썩거릴 정도로 통곡하기 일쑤여서 그때마다 그녀는 무진 애를 태워야 했기 때문이다. 누워 지내는 날이 많은 어머니는 아랫목에 깔려 있는 요 위에 연체동물처럼 허물어졌다.

"그래요, 어머니."

미례는 어머니의 야윈 손을 가슴에 모아 잡고 말했다. 오빠는 분명 어딘가에 있을 거예요. 어느 외진 하천부지나 잡초 우거진 공한지, 인적 드문 야산에 누워 있을지도 몰라요. 하지만 오빠는 꼭 돌아올 거예요. 언젠가는 사립문을 활짝 열고 어머니를 부르며 나타날 거예요. 그녀는 그렇게 입속말을 웅얼거리며 어머니 곁에 누웠다.

문밖출입도 못할 만큼 무섬증이 든 미례는 어머니의 손을 잡고 잠이 들려고 애를 썼지만 문영 오빠의 허리를 관통한 두 발의 총상 자국이 자꾸만 떠올라 잠을 이룰 수 없었다. 뻥 뚫린 두 눈은 어쩌면 그렇게도 총상의 함몰자국과 흡사한지 몰랐다.

밤새 뒤척이다 깜박 든 잠이 깨어 눈을 뜨면 간헐적인 아버지의 기침 소리가 들리고 얼결에 뒤척이다 스친 어머니의 베갯잇은 축축하게 젖어 있었다.

새벽녘에 이르러 아버지의 기침 소리는 또다시 자지러졌다. 지난밤에도 오빠가 들어오는 꿈을 꾸기라도 했는지 고요한 새벽의 정적을 쿵쿵 울려댔다. 아버지의 꿈은 아직도 오빠가 달려 나간 금남로 어디쯤을 헤매고 있으리라.

아버지는 한 달여 광주 시내를 헤매고 다닌 끝에 오빠와 마지막으로 통화했다는 사람을 만났다. 같은 과를 다녔던 한문영 씨였다. 유가족의 모임이나 부상자들이 있는 곳이면 어디든 찾아갔던 아버지는 병원침대에 꼼짝도 못하고 누워 있는 그를 만난 자리에서 뜻밖에 오빠의 소식을 들었다.

"우린 광주우체국 앞에서 만나기로 했었지. 그런데 그날, 금남로를 가득 메운 군중이 무차별 사격에 쫓겨 그곳까지 몰리는 바람에 엇갈리고 말았어."

여고를 졸업하고 아버지를 따라 오랜 병상에 지친 그를 만났을 때, 그는 그렇게 말하고 사진 두 장을 내밀었다. 총성에 놀란 시민들이 뿔뿔이 흩어지는 금남로였다. 미례는 오빠를 만난 듯한 반가움에 두 손으로 입을 가리고 흐느껴 울었다.

"내가 두 발의 총탄을 맞고 쓰러진 것은 그 사진이 찍히기 직전이었어. 사람들 사이로 넘어진 어린 학생을 구하려고 막 도로로 뛰어든 순간이었지."

문영 오빠는 그때의 악몽이 되살아나는지 지그시 눈을 감고 입술을 깨물었다. 두 번째 사진 속 금남로는 텅 빈 채로 을씨년스런 풍경이었다. 무차별 사격이 훑고 간 거리는 아스팔트가 타는 연기만 길게 치솟고 있었다.

"누군가가 나를 골목으로 끌어들였지. 저놈들에게 시체를 넘겨줘선 안 된다면서…… 그때 나는 가물가물한 의식 속에서도 나의 이름을 부르는 소리를 들었어. 아마 건너편 골목이었던 것 같아. 그 뒤론 나도 모르겠어. 곧바로 의식을 잃고 말았으니까."

그는 시민들에 의해 병원으로 옮겨진 뒤에도 깊은 강을 건너려는 그를 애타게 부르는 소리를 들었다는 것이었다.

아버지는 날이 밝기를 기다려 파묘를 서둘렀다. 제상 앞에 무릎을 꿇고 앉은 아버지는 인부들이 따라주는 술을 옹관 주위에 붓고 삼배를 올렸다. 인부들도 모든 노염과 살(煞)을 풀어 흙으로 돌아가기를 빌고 곧바로 작업에 들어갔다.

인부들은 옹관 주변을 넓게 파내고 깨진 옹기조각들을 조심스럽게 들어냈다. 육탈된 뼈는 처음 묻힌 모습 그대로인 듯 옆으로 웅크린 채 누워 있었다. 그러나 생생한 겉모습과는 달리 손길이 닿자마자 그대로 주저앉았다.

"이러케 오래된 유골도 찾아지는 것인디……"

아버지는 인부들이 건네는 뼈를 대나무칼로 긁어내며 혼잣말로 탄식했다.

오랜 세월 땅속에 묻힌 유골은 아무런 표식이 없었다. 언제 어떻게 이곳에 묻혔는지 그 내력조차 짐작하기 어려웠다.

5년 전, 부엉산에서 턱뼈가 부서진 채 발견된 유골도 궁금하기는 마찬가지였다. 법의학자마다 그 견해가 다 달랐다. 그러나 주검의 흔적을 두고 누가 누구의 주장을 탓할 수 있으랴. 미례는 죽은 자의 말없음이 못내 서글펐다.

필시 곡절이 있는 무덤이구먼. 그런께 말이우. 이 집을 짓던 해에 아들을 가졌다는 태몽도 괴이쩍고…… 마당에 모여 선 사람들은 호기심 어린 눈길로 외양간 안을 기웃거리며 귓속말을 주고받았다. 사람들의 말을 귓등으로 듣고 있던 미례는 어쩌면 환생한 오빠의 전신일지도 모른다는 그들의 말에 덜컥 가슴이 내려앉았다. 뼈를 추리던 아버지의 손놀림도 무춤 멈춰졌다.

"아주 오래된 뫼 같은디, 쇠두엄 아래서도 유골이 이리 성성한 걸 보면 이곳이 명당자리가 아닌지 모르겄소."

삽을 짚고 옹관을 빠져나온 인부가 간추린 뼈를 내려다보며 말했다. 뼈를 다 추린 아버지는 가늘게 몸을 떨며 두 손으로 허리를 받치고 일어섰다. 그때였다. 미례는 퍼런 불덩이가 외양간을 휘돌아 아버지를 스치고 사라지는 것을 보았다. 아버지는 허옇게 질린 얼굴로 휘청거렸다. 아니, 무언가를 붙잡으려는 듯 허공을 향해 두 손을 내저었다.

"어어, 노인장이 왜 이러시지?"

옹관을 나온 인부가 잽싸게 아버지를 껴안았다. 그녀는 아버지를 부축해야 한다고 생각하면서도 선 자리에 붙박인 채 꼼짝도 하지 못했다.

가까스로 정신을 수습한 아버지는 떨리는 손으로 하나하나의 뼈를 창호지에 싸기 시작했다. 주변의 염려 따윈 안중에도 없는 돌연한 행동이었다.

"인자 노인장은 비켜서실라우. 뼈는 우리덜이 태울 것잉께."

보다 못한 인부가 예기치 못한 돌발행동을 막아섰지만 아버지는 도리머리하듯 고개를 가로저었다.

"화장만이 능사는 아닐 것이여. 아무리 연고 없는 유골이라 해도……"

아버지는 예정에 없던 이장을 주장하고 나섰다. 그리고 곧장 뼈를 싼 보자기를 안고 머뭇거리는 인부들을 재촉해 사립문을 나섰다. 뼈를 태우려고 숯과 장작을 엇섞어 쌓은 마당에는 일별도 없이 앞장서 나갔다. 아버지의 단호한 결행은 누구도 거역할 수 없는 몸짓으로 인부들을 이끌었다.

장수님, 장수님, 산두 장수님. 그동안 얼마나 갑갑허시었소. 그러코 척척허고 어둔 곳에서 어찌 지내셨소. 이제 새 집으로 가십니다. 마을이 훤허게 내려다보이는 곳으로 가십니다…… 아버지는 들릴 듯 말 듯한 한탄조를 읊조리며 고샅을 한 바퀴 돌아 산으로 올라갔다.

차일산 중턱에 오른 인부들은 잔뜩 부어터졌다. 아버지는 그런 그들에게 술잔을 건네며 달래고 사정해서 해질녘에야 겨우 이장을 끝냈다. 일을 마친 인부들은 뒤도 돌아보지 않고 하산을 서둘렀다.

　해가 산마루를 넘어가자 봉분이 자리한 산허리는 금세 어둠이 깔리기 시작했다. 어둑한 산길을 내려가던 아버지는 몇 번이나 가쁜 숨을 몰아쉬며 걸음을 멈췄다. 오늘 따라 일을 거들다 마신 여러 잔의 술 탓인지 보기에 딱할 정도로 기침이 심했다.

　미례는 아버지의 한쪽 팔을 어깨에 걸메고 산길을 더듬듯이 내려갔다. 아버지는 그녀의 어깨에 몸을 기대고 잘 내려간다 싶다가도 자지러지듯 기침을 내쏟으며 주저앉곤 했다. 그녀는 들썩이는 아버지의 등을 토닥거리며 어서 그만 기침이 멎기를 빌었다. 밤이 더 깊어지기 전에 마을로 내려갔으면 좋겠는데, 아버지의 기침이 언제 멈춰질지 그저 암담할 따름이었다.

　쿨럭, 쿨럭, 쿠쿨럭……

　아버지의 기침은 온 산을 뒤흔드는 산울림이 되어 멀리멀리 울려 퍼지고 있었다.